Es lebe der Goggolori

Eine uralte Legende

Impressum

Autorin:	Sabine Maria Leitner
Zeichnungen:	Leontine Schmidt
Bildnachweise:	Seite 109: Leontine Schmidt, Zeichnung nach der Karte Apians aus dem Jahre 1580, Riedl Christian, Heimatbuch Seite 103, 105: Sibylle Reiter
Nachwort:	Sibylle Reiter
Lektorat:	Kristina Rundt
Verlag:	Bauer-Verlag, 87677 Thalhofen www.verlag-bauer.de Tel.: 08345/1601, info@verlag-bauer.de
ISBN:	978-3-95551-005-3
Auflage:	1. Auflage 2013

Sabine Maria Leitner

Es lebe der Goggolori

Eine uralte Legende

Gewidmet allen Finningern
und ganz besonders meiner Mutter

Prolog

Es gibt Geschichten, die nicht vergessen werden dürfen.
Gleichgültig, ob sie sich in Wahrheit zugetragen haben oder nur erfunden sind.
Die Legende über den Goggolori ist so eine.
Sie soll nicht vergessen sein, so, als hätte es ihn, den Erdgeist, nie gegeben. Der Goggolori soll leben. In unseren Herzen und in den Geschichten, die wir unseren Kindern von ihm erzählen.

Nordöstlich von Finning erstreckt sich das Windachtal.
Hier erhebt sich auf einer Anhöhe mitten im Wald eine Fliehburg. Menschen aus einer der umliegenden Siedlungen errichteten sie vor über 1000 Jahren, um dort Schutz vor den ins Land einfallenden Ungarn zu suchen. Ihre Überreste – ein ringförmig angelegter Erdwall und ein Quergraben – sind die letzten Zeugnisse einer längst vergessenen Zeit.

Der Erdwall ist mit einer dicken Schicht rötlicher Buchenblätter bedeckt und die hellen Stämme abgestorbener Buchen zeugen von der Vergänglichkeit des Lebens.

Es ist ein stiller, friedlicher Ort.
Doch wer kennt noch das Geheimnis, das er birgt? Das tiefe Loch im Waldboden, am Fuße des Erdwalls? Es ist der vergessene Eingang zu einer verborgenen Erdhöhle: der Höhle des Goggolori.

Es ist kurz vor Sonnenaufgang. Die meisten Tiere schlafen noch in ihren Nestern und Höhlen, doch ein ungewöhnliches, zwergenhaftes Wesen läuft leichtfüßig durch den Wald. Es trägt einen braunen Kapuzenmantel und einen goldglänzenden Spitzhut, an dem eine lange Hahnenfeder steckt, die bei jedem seiner Schritte auf und ab wippt. Sein langer, weißer Bart und das von unzähligen Falten durchzogene Gesicht zeugen von einem hohen Alter, seine Ohren gleichen denen einer Fledermaus und die kleine Knollennase erinnert an eine unreife Erdbeere.
Lautlos wie eine Eule huscht die kleine Gestalt bis an den Rand des nachtschwarzen Waldes, hastet dann über eine Wiese und weiter, eine kleine Anhöhe hinauf. Hier setzt sie sich ins Gras, um zu warten.
Inzwischen ist die Dunkelheit der Nacht der grauen Morgendämmerung gewichen und zäher Nebel liegt über den Feldern und Wiesen. Vielstimmiger Vogelgesang verkündet den baldigen Anbruch des Tages. Der Erdgeist liebt Sonnenaufgänge!
Und ganz besonders jene geheimnisvollen Minuten, wenn die Nacht zu Ende geht, der Morgen aber noch nicht angebrochen ist.
Dann, endlich, ist es so weit: Die Strahlen der Sonne steigen über dem Horizont auf und greifen wie glühende Arme nach der Welt. Sie strecken sich weit über die Wiesen und Felder, der Bodennebel steigt langsam auf und nimmt die Kälte der Nacht mit sich.

Zur selben Zeit, tief im Wald, in einer Erdhöhle, erhebt sich eine uralte Frau langsam von ihrem Nachtlager. Längst schon hätte sie mit ihrem Tagwerk beginnen sollen, doch heute will es Zeipoth kaum gelingen, sich aufzusetzen. Ungewöhnlich müde und erschöpft fühlt sie sich an diesem Morgen.

Nach einer Weile richtet sie sich schließlich auf und schlurft zu einem Baumstumpf, der ihr als Schemel dient. Daneben steht ein Weidenkorb, der mit einem Deckel fest verschlossen ist und aus dessen Ritzen ein geheimnisvolles, weißes Licht schimmert.
Zeipoth setzt sich auf den Schemel und öffnet den Korb. Sofort erfüllt ein gleißend heller Lichtschein den Raum. Die Alte nimmt eine silberne Spindel, greift mit der anderen Hand in das Licht und beginnt, einen hauchzarten, silbern glänzenden Faden daraus zu spinnen.

Seit 400 Jahren lebt Zeipoth schon in der Erdhöhle des Goggolori. 400 Jahre, die sie fast ausschließlich damit verbracht hat, Mondlicht zu spinnen.
Doch was bedeuten diese Jahre in einer Höhle, in der die Zeit nicht existiert? In der weder die Vergangenheit noch die Zukunft einen Namen haben und einzig der Verlauf der Jahreszeiten, das Kommen und Gehen von Frühling, Sommer, Herbst und Winter von Bedeutung sind.
Im Frühjahr ist der Goggolori immer sehr beschäftigt und Zeipoth bekommt ihn nur selten zu Gesicht. Im Sommer streut er stets den Höhlenboden mit duftenden Waldblumen aus und im Herbst lagert der Erdgeist Schlehen, Nüsse und Bucheckern in die Höhle ein.
Die schönste Jahreszeit aber ist der Alten der Winter, denn in den langen, dunklen Monaten verbringt der Goggolori viele Stunden bei ihr unter der Erde. Er erzählt von seinen Erlebnissen während des zurückliegenden Jahres und tanzt für sie. Dann springt er, angefeuert von ihrem Klatschen, übermütig von einer Wand zur anderen, schlägt Purzelbäume, dreht sich wie ein Kreisel und hüpft bis an die Decke.

Zeipoth lebt gern in der Erdhöhle, obwohl sie diese schon seit Jahrzehnten nicht mehr verlassen hat. Ein Unwetter hat einst den Eingang verschüttet und seitdem ist nur noch der Goggolori in der Lage, in eine

Maus oder Eidechse verwandelt, durch eine der zahlreichen Erdspalten ein und aus zu schlüpfen. Die uralte Frau aber ist gezwungen, ihr Leben unter der Erde zu verbringen. Doch sie beklagt sich nicht darüber. Spinnend wartet sie auf die tägliche Rückkehr des Gefährten und lauscht dabei den Unterirdischen, deren geheimnisvolle, zarte Stimmen das Innere der Höhle erfüllen. Bei Tag und Nacht dringt ihr Gesang aus den Spalten der Wände, zusammen mit einem warmen, goldenen Licht.

Zeipoth hat die unterirdischen, scheuen Wesen noch nie zu Gesicht bekommen. Sie gehören, so wie der Goggolori, dem Heimlichen Volk an. Doch sie selbst ist keine von ihnen: Zeipoth ist ein Mensch.

Eine Weile spinnt die Alte, dann hält sie inne und lässt ihre Spindel sinken. Fast ein wenig überrascht betrachtet sie ihre blassen Hände, die im Licht der Höhle nahezu durchsichtig erscheinen.

Ich bin alt geworden, denkt sie und fragt sich zum ersten Mal seit langer Zeit, wie viele Jahre sie wohl in der Höhle verbracht hat. Waren es Jahrzehnte oder gar Jahrhunderte?

Zeipoth weiß es nicht. Doch plötzlich ergreift sie eine tiefe Sehnsucht. Ein Verlangen nach dem Wald. Nach dem Leben.

Sie blickt zur Höhlendecke und seufzt.

Wie gerne wäre sie jetzt dort! Einmal noch über die blühenden Wiesen am Waldrand laufen oder den katzenartigen Schrei des Mäusebussards hören, wenn er über dem Windachtal seine Kreise zieht! Oder an den gelben Himmelschlüsselchen riechen und die Zitronenfalter sehen, wenn sie lustig über den Wiesen tanzen!

Der Gedanke daran versetzt Zeipoth einen Stich und während sie versonnen über ihren verblichenen, uralten Leinenrock streicht, steigen Bilder von einst in ihr auf ....

Sie sieht ihr Elternhaus vor sich: ein kleines, einstöckiges Holzhaus, nur einen Steinwurf vom Ufer der Windach entfernt. Im Inneren des Hauses die Wohnstube, die Webstube des Vaters und im Obergeschoss zwei winzige Schlafkammern.
Ihr Vater verbrachte beinahe Tag und Nacht vor dem Webstuhl, um das feine Tuch zu fertigen, das ihn sogar am Hofe des bayerischen Kurfürsten bekannt gemacht hatte. Stolz nannte er zwei Kühe, einen Stier und einige Hühner sein Eigen.
Zeipoth war das einzige Kind. Vier nach ihr Geborene waren früh gestorben. Zwei gleich nach der Geburt, eines an Typhus, das andere an Lungenentzündung.
Wie alle Kinder im Dorf musste sie viel arbeiten, im Haus, im Stall und auf dem Feld. Auch das Schlehensammeln gehörte zu ihren Aufgaben. Jedes Jahr nach dem ersten Frost wanderte sie deshalb gemeinsam mit einigen anderen Mädchen aus dem Dorf zur Fliehburg, denn dort wuchs eine mächtige Schlehenhecke.

Beim Schlehensammeln war Zeipoth auch das erste Mal dem Goggolori begegnet.
Die Mädchen, alle zwischen 13 und 15 Jahre alt, hatten damals gerade ihre Weidenkörbe bis oben hin mit den blauen Beeren gefüllt, als der Erdgeist plötzlich vor ihnen auftauchte. Lauthals schreiend forderte er die Schlehen heraus und seine Augen funkelten so hasserfüllt, dass die Mädchen ängstlich davonsprangen, um sich in sicherer Entfernung hinter den Bäumen zu verstecken.
Nur Zeipoth blieb. Sie hatte keine Angst. Neugierig blickte sie den Goggolori an, der sich mit weit aufgerissenen Augen wie ein kampflustiger Hahn vorbeugte!
„Bist du taub?“, kreischte er. „Meine Schlehen will ich wieder! Gib sie mir sofort zurück!“
„Deine Schlehen?“, fragte Zeipoth verwundert. „Die Schlehen gehören allen! Wir pflücken sie jedes Jahr hier.“

Puterrot lief der Erdgeist bei diesen Worten an und er sah aus, als würde er gleich platzen. Doch das Mädchen lachte nur und rief: „Du kleiner Wicht, jetzt mach‘, dass du fortkommst und stör‘ uns hier nicht weiter!“ Da schnappte der Goggolori hörbar nach Luft, stampfte mit seinem winzigen Fuß so fest auf den Boden, dass blaue Funken von seinen Sohlen davonsprangen, und schrie: „Du böses Weib! Du gemeine Diebin! Wie niederträchtig und schlecht bist du! Gib mir meine Schlehen! Gib mir mein Eigentum zurück!“ Immer mehr redete er sich in Rage, immer lauter wurden seine Beschimpfungen, immer rasender sein Zorn.
Schließlich setzte Zeipoth seinem Krakeelen ein Ende: „Du willst deine Schlehen?“, rief sie und hob ihren Korb in die Höhe. „Gut, da hast du sie!“ Und sie schüttete all die Beeren über den Erdgeist aus, der unter dem Gewicht der Schlehen zu Boden stürzte. Zeipoth packte ihn, wickelte ihn fest in ihre Schürze und steckte ihn in den Korb.
„Jetzt hab‘ ich dich!“, rief sie triumphierend und verschloss den Deckel. Da saß er nun, der Goggolori. Gefangen wie ein wildes Tier in Zeipoths Weidenkorb.
Nach und nach wagten sich nun auch die anderen Mädchen herbei und horchten an dem Korb, aus dem jedoch kein einziger Laut drang. Nun beschworen die Mädchen Zeipoth eindringlich, das sonderbare Wesen wieder freizulassen.
„Vielleicht ist das einer jener bösen Waldgeister, die im Wald ihr Unwesen treiben und Menschen in die Irre führen?“, flüsterten sie ängstlich. Doch Zeipoth lachte nur.
„Ihr Hasenfüße!“, rief sie, packte den Korb und machte sich, ohne weiter auf die Warnungen der anderen zu hören, auf den Weg nach Hause.

In Finning lebten in der Mitte des 17. Jahrhunderts Kistler, Leineweber, Schuster, Bauern und ein Müller in kleinen, strohgedeckten Holzhäusern am Ufer der Windach. Die Kirche bildete den Mittelpunkt und war, neben der Willibaldskapelle, die auf einer Anhöhe am östlichen Dorfrand stand, das einzige Bauwerk aus Stein.

An jenem Tag, als Zeipoth mit den anderen Mädchen vom Schlehensammeln zurückkehrte, breitete sich die Nachricht von dem sonderbaren Wesen im Weidenkorb der Weberstochter wie ein Lauffeuer aus und noch ehe Zeipoth ihr Elternhaus betreten konnte, war sie von Neugierigen umringt. Schließlich trat auch noch der Pfarrer in den Kreis und befahl ihr, den Korb zu öffnen.

Doch kaum hatte sie das getan, schoss der winzige Kopf des Goggolori hervor und streckte allen mit einem lauten „Bääääh!" die Zunge heraus! Entsetzt wich die Menge zurück und der Pfarrer schrie aufgebracht: „Diese Ausgeburt der Hölle muss sofort in der Windach ertränkt werden!"

Den Erdgeist ertränken? Das wollte Zeipoth nicht zulassen, und ehe sie jemand daran hindern konnte, hatte sie den Korb an sich gerissen und war im Haus ihrer Eltern verschwunden.

Nur wenig später betrat ihre Mutter, die Weberin, die Kammer.

„Ja, bist du denn von Sinnen, einen Erdgeist ins Dorf zu bringen?" Sie packte den Korb und riss den Deckel auf, doch zu ihrer und Zeipoths Überraschung war er leer!

„Wo hast du ihn versteckt?", schrie die Mutter und schlug ihrer Tochter mit der flachen Hand ins Gesicht. Doch diese wusste ja selbst nicht, wo der Erdgeist geblieben war.

Nun begann die Weberin, unter Fluchen und Schimpfen in der Kammer nach dem Goggolori zu suchen. Aber vergeblich. Der Erdgeist blieb verschwunden.

Schließlich deutete sie auf zwölf Riegel Flachs, die neben einem Spinnrocken lagen. „Das wirst du alles spinnen und ehe du damit nicht fertig bist, darfst du nicht aus der Kammer!“, rief sie und knallte die Türe hinter sich zu.

Zwölf Riegel Flachs![1] Wie konnte die Mutter sie nur so hart bestrafen! Zeipoth war verzweifelt. Doch da half alles Jammern nicht. Weinend setzte sie sich an ihren Spinnrocken und arbeitete, bis ein Miauen sie aufhorchen ließ. Auf ihrem Kleiderschrank saß eine fremde, schwarze Katze. Diese starrte Zeipoth einige Sekunden lang an, dann sprang sie zu Boden und verwandelte sich vor ihren Augen in den Erdgeist Goggolori!

Die Weberstochter erbleichte und griff instinktiv nach dem kleinen Kreuz, das sie um ihren Hals trug. Vielleicht hatten die anderen doch recht und das sonderbare Wesen war wirklich ein böser Waldgeist?

Der Goggolori spürte ihre Angst. „Du brauchst dich nicht zu fürchten“, sagte er, „ich will dir nichts zuleide tun. Du bist wohl schon genug bestraft worden.“

Bei diesen Worten stieg jäher Zorn in Zeipoth auf. „Oh ja“, erwiderte sie aufgebracht, „wegen dir muss ich spinnen, bis meine Finger bluten!“

„Wegen mir?“ Überrascht hob der Erdgeist seine Augenbrauen. „In diese Lage hast du dich ganz alleine gebracht!“

„Nein, das habe ich nicht! Du warst es doch, der im Wald aufgetaucht ist und mich beschimpft hat. Wenn du uns in Ruhe gelassen hättest, dann wäre das alles nicht passiert!“

„Euch in Ruhe lassen?“ Empört schüttelte der Erdgeist den Kopf. „Das konnte ich nicht! Ihr habt Jahr für Jahr meine Beeren gestohlen! Keine einzige Schlehe blieb für mich und die Waldtiere zurück! Alles wolltet ihr für euch! Unersättlich wart ihr!“

---

1 Für einen Riegel Flachs benötigte eine geübte Spinnerin vier Stunden.

Da stieg Zeipoth die Röte ins Gesicht und beschämt blickte sie zu Boden. Mit einem Male begriff sie, dass sie und die anderen Mädchen in all den Jahren unwissentlich Schaden angerichtet hatten, und leise bat sie den Erdgeist um Verzeihung.

Der Goggolori spürte, dass es Zeipoth ernst war und so verzieh er ihr. Doch nicht nur das, er half ihr sogar.
„Komm!", rief er und sprang mit einem Satz auf ihr Bett. „Nimm deine Spindel und beginne zu spinnen. Ich werde dir helfen!"
Und sobald die Weberstochter zu spinnen begonnen hatte, fing der Erdgeist an zu singen:

„Dreh dich, dreh dich immer wieder,
tanze Spindel auf und nieder!
Spinn' den Faden nur ganz fein,
nun will ich dein Tänzer sein!

Schau nur hin und schau genau,
diese Spindel ist sehr schlau!
Dreht sich schneller als der Wind,
bis sie alles Flachs verspinnt!"

Während der Goggolori sang, sprang er vom Bett herab und begann, sich wie ein Kreisel immer schneller um sich selbst zu drehen. Auch Zeipoths Spindel drehte sich mehr und mehr, glitt ihr schließlich aus der Hand und schnellte wie ein Pfeil über den Kopf des Erdgeistes. Dort drehte sie sich, wie von unsichtbaren Fäden gehalten, immer weiter und folgte dem Tanzenden bei jedem seiner Schritte. Ganz gleich, ob dieser nun vom Bett auf den Boden und wieder zurück hüpfte, sich überschlug oder gegen die Kammerwand sprang, die Spindel blieb über seinem Kopf und spann Faden um Faden.

So waren in nur wenigen Stunden die zwölf Riegel Flachs versponnen. Zeipoth war überglücklich! „Wie kann ich dir nur danken? Ohne dich hätte ich es nie geschafft!“
Der Goggolori lächelte freundlich. „Lasst in den nächsten Jahren Schlehen für mich und die Tiere am Erdwall zurück. Das ist mir Dank genug.“ Er sprang auf den Fenstersims und hob die Hand zum Abschiedsgruß. „Leb wohl, Weberstochter!“
Aber Zeipoth hielt ihn zurück: „So warte doch! Du hast mir noch gar nicht gesagt, wer du bist!“
„Wer ich bin?“ Erneut zeigte sich ein freundliches Lächeln auf dem Gesicht des Erdgeistes. „Nun, ich bin der Hüter des Windachtales. Der gute Geist aller die dort leben.“
„Und wie heißt du?“, fragte Zeipoth.
„Meinen Namen kann ich dir nicht verraten.“
„Aber warum denn nicht? Sieh, ich will dir auch meinen sagen!“ Und sie verbeugte sich leicht und sagte: „Ich bin Zeipoth. Die Tochter des Webermeisters Irwing!“
Da lachte der Erdgeist. „Das weiß ich wohl! Aber meinen Namen darfst du dennoch nicht wissen.“ Und er fügte, weil er Zeipoths enttäuschtes Gesicht sah, leise hinzu: „Ich muss meinen Namen geheim halten, denn ich habe Kräfte, die sich manch ein Mensch nur allzu gern zu eigen machen würde. Aber nur, wer mich bei meinem Namen zu nennen weiß, kann Macht über mich und meine Zauberkraft erlangen.“
„Aber ich will dir doch nicht schaden! Ich will deine Freundin sein!“, rief das Mädchen und fügte lächelnd hinzu: „Wenn du mir deinen Namen nennst, dann will ich dir zum Dank auch einen Mantel und einen Hut nähen.“
Darüber musste der Goggolori lachen. „Wozu brauche ich Hut und Mantel? Nein, nein! Diese Dinge brauche ich nun wirklich nicht!“
Doch Zeipoth bettelte und bat immer weiter. So lange, bis der Erdgeist schließlich nachgab.

„Nun gut. Ich will dir vertrauen", sagte er, „aber mein Name muss unter allen Umständen ein Geheimnis bleiben! Großes Unglück würde sonst über dich und mich kommen! Versprichst du mir, dass du ihn niemals preisgeben wirst?" „Ja, das verspreche ich!", erwiderte Zeipoth feierlich. Daraufhin deutete der Waldgeist eine Verbeugung an und sagte: „Nun gut. Mein Name ist Goggolori."
Goggolori – das gefiel Zeipoth sehr! „Was für ein wunderschöner Name!", flüsterte sie.
Eine Weile blickten sich die beiden ungleichen Freunde lächelnd an und die Weberstochter war wie verzaubert von den silbernen Sternen, die in den Augen des Erdgeistes funkelten. Dann nickte ihr der Goggolori freundlich zu, hob seine Arme und verwandelte sich in eine Krähe. Mit kräftigen Flügelschlägen flog er in die Nacht hinaus, dem Wald entgegen.

Einige Tage später machte sich Zeipoth daran, ihr Versprechen einzulösen.
Sie nähte aus einem Stoffrest, den ihre Mutter in einer Truhe verwahrte, heimlich einen Mantel mit einer großen Kapuze und aus einem kleinen Stückchen Goldstoff, das sie aus der kostbaren Goldhaube ihrer Mutter schnitt, einen winzigen Spitzhut, an dem sie eine lange, grüne Hahnenfeder befestigte.
Zufrieden wanderte sie anschließend zur Fliehburg, um dem Erdgeist ihre Geschenke zu überbringen. Doch wie sie auch vor der Schlehenhecke rief und rief, der Goggolori ließ sich nicht blicken und Zeipoth kehrte enttäuscht nach Finning zurück.
In den nächsten Tagen dachte sie immer wieder an den Waldgeist, doch es sollten noch viele Wochen vergehen, ehe sie ihn wiedersehen sollte.

Es war in einer besonders kalten Winternacht. Zeipoth kehrte gerade die Stube und ihre Eltern arbeiteten in der Webstube, als jemand an die

Tür klopfte. Es war der Goggolori, der zitternd im tiefen Schnee stand „Lass mich bitte ein", flehte er, „mir ist so erbärmlich kalt!"
Zeipoth ließ ihn ein und stellte zufrieden fest, dass er den Mantel und den Spitzhut trug, die sie ihm genäht hatte.
Mit einem Satz sprang der Goggolori auf den Rand des Herdes. „Hier oben ist es schön warm," erklärte er, während er auf und ab lief, „und so tauen auch meine Füße wieder auf!"
Auf dem Herd standen eine Kanne Milch und eine Schüssel, die bald das Interesse des Erdgeistes weckten. Er kostete von der Milch und roch dann neugierig an der Schüssel, die mit einem Tuch abgedeckt war. „Was ist da drin?"
„Hefeteig", erwiderte Zeipoth.
„Hefeteig", murmelte der Goggolori und lugte vorsichtig unter das Tuch. Wie staunte er, als er die weiche, warme Masse sah, die sich wie eine Blase bis an den Rand der Schüssel wölbte. „Oh!", stieß er hervor, berührte den Teig, und ehe es sich Zeipoth versah, war er in die Schüssel gesprungen!
„Aber was machst du denn da?" Zeipoth musste sich die Hände vor den Mund halten, um nicht laut loszulachen.
„Ich bade", erwiderte er und steckte sich seelenruhig ein wenig Hefeteig in den Mund.
In eben diesem Augenblick betrat Zeipoths Mutter die Stube, und als sie den Erdgeist in der Schüssel entdeckte, schoss ihr die Zornesröte ins Gesicht. „Heilige Mutter Gottes! Jetzt sitzt der Waldschrat in meinem Hefeteig!"
Sie stürzte auf den Goggolori zu, doch der sprang blitzschnell aus der Schüssel, schmiss den Teig auf den Boden, goss flugs die Milch hinterher und verschwand in einer blauen Rauchwolke.
Die Weberin sprang in ihrer blinden Wut auf den Herd zu und rutschte auf dem glitschigen Gemisch aus. Dabei fiel sie so unglücklich, dass sie mit einem Schmerzensschrei auf dem Boden liegen blieb und Zeipoth sogleich den Vater zu Hilfe holte. Der trug seine Frau in die Schlafkammer und schickte die Tochter zur Baderin, damit diese kommen und nach der Weberin sehen sollte.

Was danach geschah, hat der Goggolori Zeipoth später so erzählt: „Nachdem der Weber deine Mutter in die Schlafkammer getragen hatte, kam er zurück in die Stube. Er hielt eine Axt in der Hand und ich konnte in seinem Blick deutlich lesen, dass er zu allem bereit war, um mich aus seinem Haus zu vertreiben. Ich hatte in der Zwischenzeit jedoch den Stubenboden blitzblank gescheuert und war gerade dabei, neuen Teig anzurühren. Da blieb dem Weber vor Staunen der Mund weit offen stehen und er starrte mich ungläubig an.
Ich erklärte, dass ich entschieden hatte, den Winter über bei ihm im Haus zu bleiben, und ich warnte ihn, dass es ihm noch schlechter als seiner Frau ergehen würde, wenn er versuchen sollte, mich aus dem Haus zu jagen oder irgendjemandem von meiner Anwesenheit erzählen sollte. ‚Lässt du mich aber in Ruhe und hältst dich an alles, was ich dir gesagt habe, so soll es dein Schaden nicht sein.'"

So kam es, dass von dieser Stunde an der Goggolori im Haus des Webers wohnte.
Nachts schlief er in Zeipoths langen Haaren, die er sich zu einem Nest formte, und am Tag half er ihr bei der Arbeit. Er polierte die Töpfe und scheuerte den Boden, er rührte und knetete Brotteig und half beim Flachsspinnen.
Bisweilen packte ihn der Übermut. Dann setzte er sich auf die Würste im Rauchfang, um darauf zu schaukeln, und je heißer unten das Herdfeuer brannte, umso übermütiger schaukelte er. Dazu sang er so laut, dass es im ganzen Haus zu hören war!
Auch machte es ihm Freude, die Hühner zu necken. Dann lief er laut gackernd über den Hof und schlug dabei mit seinen Armen auf und ab, bis es ihm alle Hühner gleichtaten. Ihr Gezeter scheuchte nun die Nachbarshühner auf und deren Geschrei wiederum die nächsten. So erhob sich bald ein ohrenbetäubendes Hühnergackern im ganzen Dorf. Zur Verwunderung und zum Ärger der Finninger und zur höchsten Freude des Erdgeistes.

Es wird bald Nacht im Wald.
In der Erdhöhle des Goggolori leuchten die Lichter nur noch schwach und in wenigen Minuten werden sie bis auf ein feines Glimmern fast ganz erloschen sein.
Zeipoth fährt sich benommen über ihr schlohweißes Haar und stellt verwundert fest, dass sie den ganzen Tag damit zugebracht hat, an frühere Zeiten zu denken. Keinen einzigen Faden hat sie bisher versponnen! Hastig öffnet sie den Korb zu ihren Füßen, greift nach dem bläulich weißen Licht und beginnt zu spinnen. Sie ist wie beseelt von der Erinnerung an jenen Winter, den der Erdgeist im Haus ihrer Eltern verbracht hat. Einen Winter, in dessen Verlauf sich eine tiefe Freundschaft zwischen Zeipoth und dem Goggolori entwickelt hatte, und als der Erdgeist im Frühjahr in den Wald zurückkehrte, versprachen sie sich, einander weiterhin zu sehen.
So verschieden sie auch waren, nach diesem Winter konnten beide ohne einander nicht mehr sein.

An diesem Abend wird die alte Zeipoth nicht wie sonst auf den Goggolori warten, sondern sich noch vor dessen Rückkehr auf ihr Strohlager begeben und dort, ungewöhnlich erschöpft, sofort einschlafen.
Der wenig später heimkehrende Erdgeist wird die Schlafende nicht stören. Er wird sich ganz sachte in ihr langes, weißes Haar kuscheln und – während die Unterirdischen ihre Lieder flüstern – selbst in einen tiefen Schlaf fallen.

Der nächste Tag ist so wie hundert Jahre zuvor all die anderen Tage. Als Zeipoth erwacht, ist der Erdgeist schon im Wald. Die Lichter in der Höhle leuchten hell und klar und die Unterirdischen singen ihre geheimnisvollen Lieder.

Die alte Frau setzt sich auf und, wieder ganz bei Kräften, beginnt sie sogleich ihr Tagwerk.

In wenigen Stunden wird der Goggolori wieder bei ihr sein. Sie freut sich schon darauf, wenn er auf ihren Schoß springen und von den Begebenheiten des Tages erzählen wird.

So war es immer. Seit vielen hundert Jahren schon, und Zeipoth freut sich darauf. Jeden Tag aufs Neue.

Als sich viele Stunden später die Abenddämmerung wie ein schwerer Mantel über den Wald legt, wird auch der Gesang der Unterirdischen leiser und die Lichter in der Höhle leuchten schwächer.

Der Goggolori ist auf dem Weg zurück zur Höhle. Er läuft leichten Fußes durch den Wald, springt über Brombeerranken und streift durch Farne, Schachtelhalm und Buschwerk. Begleitet wird er dabei von einigen Tieren, die stets von überall her zu ihm kommen, sobald sie ihn wittern. Dann fliegen sie eine Weile um seinen Kopf, hüpfen von Baum zu Baum oder traben neben ihm her.

„Goggolori!" Zeipoths Augen beginnen zu leuchten, als der Erdgeist, in seine wahre Gestalt verwandelt, vor ihr steht.

Auch er freut sich. Lachend reißt er sich den Hut vom Kopf und springt auf den Schoß seiner Gefährtin.

„Geht es dir gut? Gestern hast du schon tief geschlafen, als ich zurückkam." Die Alte nickt. „Ich weiß. Ich war sehr müde und erschöpft."

„So?" Eine Sorgenfalte gräbt sich in das Gesicht des Waldgeistes. Zeipoth lacht und streicht über das Haar ihres Gefährten. „Mach dir

darüber keine Gedanken“, sagt sie und beginnt, von ihren Erinnerungen zu berichten.
Der Goggolori hört ihr aufmerksam zu und seine anfängliche Sorge schwindet, als er bemerkt, wie glücklich Zeipoth ist. Mit geröteten Wangen und glänzenden Augen erzählt sie von ihrer ersten Begegnung im Wald und von dem Winter, den er im Weberhaus verbracht hat.
„Deine Mutter hasste mich!“, bemerkt der Erdgeist schließlich mit knappen Worten.
„Sie war so dumm!“, erwidert Zeipoth. „Sie wollte nicht sehen, welchen Segen du über uns gebracht hast. Die Kühe gaben viel mehr Milch und die Hühner legten mehr Eier. Außerdem hast du geholfen, wo du konntest! Ich erinnere mich noch gut daran, wie du eines Nachts einen ganzen Ballen Tuch für den Vater gewoben hast. So einen feinen Stoff hatte er noch nie zuvor in seinem Leben gesehen! Aber die Mutter wollte das alles nicht wahrhaben.“
„Urteile nicht zu hart über sie. Deine Mutter konnte nicht anders. In ihrer Welt gab es keinen Platz für Wesen meiner Art.“
„Aber warum konnte sie dich nicht einfach im Haus dulden? Warum wollte sie dich unbedingt vertreiben?“
Der Goggolori lächelt. „Ich war für sie ein Wesen aus der Hölle“, sagt er. „Mein Aussehen und meine Zauberkraft machten ihr Angst – und vergiss nicht, so wie sie dachten viele.“
„Unser Pfarrer ....“, murmelt Zeipoth.
„Ja, und nicht nur er. Denk nur an die Ullerin. Die hatte es auch auf mich abgesehen, wenngleich auch aus anderen Gründen ....“

Die Ullerin wohnte in einer kleinen, windschiefen Hütte, in der stets ein beißender Geruch nach Rauch, Kräutern und Verwesung in der Luft lag. Letzterer ging von den Tierkadavern aus, die von der niedrigen Decke baumelten. Mal war es eine Katze, ein anderes Mal eine Ratte oder Krähe.

Die dickleibige Ullerin war Baderin und Seelnonne[2] in Finning Die Kinder fürchteten sie und nannten sie hinter vorgehaltener Hand eine alte Hexe, denn die Baderin verstand sich nicht nur auf die Herstellung unterschiedlicher Heiltinkturen, Salben, die Geburtshilfe und das Einrenken von Knochen, sondern war auch mit den dunklen Künsten vertraut. So braute sie verschiedenste Zaubertränke, stellte magische Amulette her, konnte Wetter hexen und verstand es, Krankheiten in einen Schusterdraht zu knüpfen.

Im Dorf munkelte man, dass ihr der Daumennagel eines Gehenkten, den sie vom Henkersknecht zu Landsberg erhalten hatte, zu diesen magischen Kräften verhalf. Doch so genau wusste das niemand und es spielte auch keine Rolle. Die Finninger bedienten sich der Dienste der Ullerin, so wie sie es benötigten.

Außerhalb ihres windschiefen Häuschens jedoch mied man die Alte und nur die Knechte und Tagelöhner gaben sich mit ihr ab. Beim Kartenspiel im Wirtshaus soff und fluchte die Ullerin wie die Männer und zog ihnen ein ums andere Mal den Wochenlohn aus der Tasche.

Die Weberin nun, die den Erdgeist um jeden Preis aus dem Haus schaffen wollte, vertraute sich eines Tages der Ullerin an und diese versprach, bei Zahlung eines Dukaten, sich der Sache anzunehmen. „Richte morgen Abend einen Heimgarten[3] aus“, sagte sie, „da werde ich ihn fangen.“

Zwar wusste die Ullerin, dass es nahezu unmöglich war, einem Erdgeist Herr zu werden, ohne seinen Namen zu kennen, doch sie wollte

---

2 Eine Seelnonne versorgte die Toten und kümmerte sich um die Durchführung der Totenrituale. Sie galt als unrein und musste beim Leichenschmaus stets abseits sitzen.

3 Heimgarten wurden die regelmäßigen Zusammenkünfte der jungen Mädchen und Frauen im Dorf zum gemeinschaftlichen Spinnen genannt. Sie wurden reihum immer in einem anderen Haus abgehalten.

sich die Gelegenheit trotzdem nicht entgehen lassen. So sann sie lange nach einer Möglichkeit und entschied sich schließlich, mit einem Kräuterstab ihr Glück zu versuchen.
Zur Herstellung nahm sie getrockneten Salbei, Engelskraut, Dost und Pfefferminze, zerrieb die Kräuter zu einem feinen Pulver und gab sie in einen Topf. Dann fügte sie eine gedörrte Eidechse hinzu und - um die magische Wirkung zu verstärken – eine Prise Galgenholz. Darauf goss sie einen Viertelliter Wasser, kochte die Mischung unter stetigem Rühren zu einem klebrigen, stark duftenden Brei und bestrich damit einen langen Haselnussstecken. „Erst locke ich ihn damit aus seinem Versteck, denn diesem Duft kann kein Erdgeist widerstehen", murmelte sie, „und wenn er nahe genug ist ...." – sie ließ den Kräuterstecken durch die Luft sausen – „ha, dann wird er hilflos an dem Stecken kleben und er ist mein!" Ein triumphierendes Lachen schüttelte die Baderin, während sie zu einem Schrank schlurfte. Sie griff zu einem kleinen Fläschchen mit Birnenschnaps und trank einige Schlucke.

Die Ullerin ahnte nicht, dass der Goggolori von der Verschwörung der beiden Frauen erfahren hatte und nun seinerseits Vorbereitungen für den kommenden Abend traf. Er bat Zeipoth, einen schweren Topf mit einem fest sitzenden Deckel in eine dunkle Ecke der Wohnstube zu stellen und trug ihr auf, dass sie es so anstellen müsse, dass die Weberin nichts davon bemerken würde.
Während der Nacht hörte man ihn unentwegt im Haus pfeifen, flüstern und die Stiegen auf und ab huschen. Doch wofür der Goggolori den Topf benötigte, sollte sich erst herausstellen, als die Frauen im Hause des Webers zum Heimgarten zusammentrafen.

Eine jede der Spinnerinnen hatte ihre Spindel, einen Spinnrocken, Flachs und einen Schemel mitgebracht. Unter ihnen war auch die Ullerin, die Zeipoths Mutter einen verschwörerischen Blick zuwarf.

„Ich hoffe, Ihr seid gut vorbereitet“, flüsterte die Weberin ihr im Vorübergehen zu. Die andere nickte kurz und murmelte: „Lasst das nur meine Sorge sein. Ich hab‘ mein Sach‘ schon bei mir.“
Eine Weile geschah nichts weiter. Die Frauen saßen in einem großen Kreis beisammen, spannen, erzählten sich Geschichten und kauten gedörrte Schlehen[4], als eine von ihnen plötzlich zur Herdstelle deutete und rief: „Heilige Mutter Gottes! Seht doch!“
Da stand der Goggolori, die winzigen Hände in die Hüften gestemmt, den Mund zu einem breiten Lachen verzogen. „Ach! Das ist der Erdgeist, den Zeipoth aus dem Wald gebracht hat!“ Ihre Mutter verdrehte die Augen. „Wäre er nur aus dem Haus! Nur Verdruss hat man mit ihm!“
„Aber Weberin!“ Lachend sprang der Goggolori in die Mitte der Frauen. „Was hast du nur gegen mich? Ich bin doch ein freundliches Wesen“, rief er und begann, sich singend im Kreis zu drehen.
Die Frauen lachten und während sie weiter ihre Spindeln in der Luft surren ließen, feuerten sie den Erdgeist an, sich immer schneller zu drehen. Doch wie staunten sie, als die Spindeln plötzlich pfeilschnell über den Kopf des tanzenden Männchens flogen und sich dort, wie von unsichtbaren Fäden gehalten, weiterdrehten! Dabei folgten sie dem Goggolori bei jedem seiner Schritte. Hüpfte er in die Höhe, so hüpften die Spindeln mit, und schnellte er im Zickzack umher, taten sie es ebenso. Die Frauen waren begeistert! So etwas hatten sie nie zuvor gesehen!

In der Zwischenzeit griff die Ullerin nach ihrem Kräuterstecken. Jetzt sah sie ihre Stunde gekommen. Der Erdgeist war ganz auf seine Sprünge und sein Singen konzentriert. Nun würde sie nur noch einen günstigen Augenblick abwarten müssen. Doch es war zu ärgerlich! Der Kleine tanzte zwar immer wieder ganz nah an sie heran, war aber

---

4 Das Flachs musste beim Spinnen immer wieder befeuchtet werden. Der säuerliche Geschmack der gedörrten Schlehen regte den Speichelfluss an. Deshalb kauten die Spinnerinnen gedörrte Schlehen.

gleich darauf wieder blitzschnell fortgesprungen! Dabei lachte er ihr frech ins Gesicht und einmal streckte er ihr sogar die Zunge heraus! Während die anderen Frauen immer ausgelassener wurden, begann es im Inneren der Ullerin zu brodeln und ihr Kopf schwoll rot vor Zorn an. Schließlich verlor sie die Beherrschung und schleuderte, einen lauten Wutschrei ausstoßend, den Kräuterstab gegen den Erdgeist. Doch er verfehlte sein Ziel. Der Goggolori verschwand mit einem „Plopp", die Frauen hörten nur noch sein leises Kichern und dann fielen alle Spindeln krachend zu Boden.

Einen Augenblick lang waren alle wie gelähmt. Ungläubig starrten sie auf den Wirrwarr aus Fäden und Spindeln, der nun vor ihnen lag. Doch dann sprangen sie, wie auf ein geheimes Zeichen hin, auf und eine jede versuchte nun, durch kräftiges Ziehen und Zerren die eigene Spindel zu befreien.

In dem Durcheinander bemerkte niemand den Goggolori, der zu dem Topf geschlichen war, den Zeipoth in eine dunkle Ecke der Stube gestellt hatte. Der Erdgeist hob den schweren Deckel und schon sprangen zwanzig, dreißig, vielleicht auch vierzig Mäuse aus dem Topf hervor und liefen aufgeregt fiepend über den Stubenboden. Auf der Suche nach einem neuen Unterschlupf krochen sie unter die Röcke der Spinnerinnen oder liefen in Panik kreuz und quer durch die Stube. Die Frauen schrien erschrocken auf und einige griffen beherzt nach ihrem Schemel, um die Mäuse damit zu vertreiben.

In diesem Moment betrat der Weber die Stube. Eine Weile betrachtete er verwundert das Geschehen, dann packte er das Gewirr aus Spindeln und Fäden und warf es vor die Tür. „Raus mit euch Weibern!", rief er und schob eine nach der anderen aus der Stube. „Hier ist doch kein Tollhaus!"

Vor dem Haus des Webers ging es nun so richtig los: Die verärgerten Frauen begannen, sich gegenseitig zu beschimpfen und zu beschuldigen. Ein böses Wort nach dem anderen fiel, bis schließlich die Erste handgreiflich wurde und damit ein wildes Handgemenge in Gang setzte. Der Goggolori beobachtete das Schauspiel der Finningerinnen vom Dach des Weberhauses aus. „So kommt es, wenn man versucht, einen Erdgeist zu fangen!", rief er und klopfte sich vergnügt auf die Schenkel.

Bei dieser Erinnerung müssen die Gefährten laut lachen. „Noch heute freut mich dieser Streich", meint die alte Zeipoth und auch der Goggolori nickt zustimmend. „Ja, das hatte sie verdient."
„Sie war eine böse Frau. Weißt du noch, wie sie die Kinder um ihren Honig gebracht hat?", fragt Zeipoth. „Oh ja!", antwortet er schmunzelnd. „Wie könnte ich das vergessen!"

Es war im Herbst 1625, als den Finningern, wie schon so oft zuvor, eine große Hungersnot drohte. Schwerer Hagel im Frühjahr und Dauerregen im Sommer hatten nahezu die ganze Ernte zerstört. Schon Mitte Oktober gab es nicht mehr genug zu essen und vor allem den Tagelöhnern drohte größte Not.

Eines Tages zog eine Gruppe hungriger Kinder durch das Dorf, als ihnen ein großer Birnbaum auffiel, der über und über mit Holzbirnen behangen war. Die Kinder wussten, dass diese kleinen, harten Früchte nicht genießbar waren, dennoch aßen sie davon, denn ihr Hunger war zu groß. Schon wenig später reagierten ihre ausgezehrten Körper mit starkem Durchfall, Schmerzen und Fieber, und die Heilkunst der Ullerin wäre dringend vonnöten gewesen. Doch deren Hilfe konnten die

Eltern der erkrankten Kinder nicht in Anspruch nehmen, denn sie alle standen bereits in ihrer Schuld und die Baderin war nicht mehr willens, weiter anschreiben zu lassen.

So machten sich die Eltern auf, um nach Wildhonig zu suchen, der die Kinder stärken und ihre Beschwerden ein wenig lindern sollte. Wie durch ein Wunder fanden sie so viel Honig, dass jede Familie einen kleinen Topf, gefüllt mit dem kostbaren Gut, erhielt. Doch die Freude daran währte nicht lange.
Die Laurenziwoche stand an. Während dieser Tage durften die Bader die Zinsen für ihre Schulden einfordern und als die Ullerin von dem Honig hörte, forderte sie ihn als Zins heraus.

Noch heute kann die alte Zeipoth spüren, wie zornig sie damals über das herzlose Verhalten der Ullerin war. Geradewegs lief sie zur Fliehburg, um dem Goggolori von all dem zu erzählen und ihn um Hilfe zu bitten. Der Erdgeist gab ihr einige sehr seltene Heilkräuter, die sie drei Minuten lang in einer Milchsuppe kochen und den Kindern schluckweise zu trinken geben sollte. „Davon werden sie wieder gesund“, sagte er voller Zuversicht und behielt recht. Schon zwei Tage später ging es allen Kindern wieder gut.

Am Morgen des dritten Tages kam der Erdgeist singend die Dorfgasse entlanggesprungen. Bald war er von Zeipoth und einer Traube neugieriger Kinder umringt. „Wollt ihr mit mir kommen?“, fragte er. „Ich habe eine feine Überraschung für die Ullerin!“
Alle folgten dem Goggolori an das Ufer der Windach. Dort brach der Erdgeist eine Weidenrute ab und schnitzte sich eine kleine Flöte daraus. „Honigvöglein lieben Musik!“, erklärte er und begann, eine fröhliche Melodie zu spielen. Da flogen plötzlich aus allen Himmelsrichtungen Bienen herbei und die Kinder duckten sich ängstlich.

„Keine Angst! Die Honigvöglein wollen mir helfen!“ Der Goggolori winkte den Kindern. „Auf zur Ullerin!“
So setzte sich der ungewöhnliche Zug in Bewegung. Vorneweg der flötende Erdgeist mit Zeipoth und den Kindern, gefolgt von einem mächtigen Bienenschwarm, der stetig anwuchs, denn immer mehr Bienen schlossen sich ihnen an.
Vor dem Häuschen der Baderin blieb der Goggolori stehen. „Nun fliegt, ihr Honigvöglein, in der Ullerin ihr Haus und sauft ihr allen Honig aus!“ Daraufhin schwärmten die Bienen in die Hütte der alten Baderin aus, während diese ahnungslos in ihrem Bett schlief. Doch nach einer Weile erwachte sie durch das geschäftige Summen und Brummen, das in ihrer Stube herrschte und sprang mit einem Aufschrei auf: „Macht, dass ihr fortkommt! Das ist mein Honig!“, schrie sie zornentbrannt und schlug mit einem Kissen auf die Bienen ein, die sich jedoch sogleich alle auf sie stürzten und sie zurück in ihr Bett zwangen. Dort lag sie nun, die Bettdecke zum Schutz fest über sich gezogen und jammerte und lamentierte so laut, dass es bis nach draußen zu hören war.
„Ja, jammere du nur!“, rief der Goggolori lachend. „Das Weinen und Klagen der kranken Kinder hat dich nicht gestört! Jetzt stört uns das deine auch nicht!“

Als kein Tropfen Honig in den Töpfen verblieben war, führte der Goggolori Zeipoth und die Kinder zu einem mächtigen Birnbaum, der über und über mit Holzbirnen bedeckt war.
„Ihr Honigvöglein, schwärmt nun aus!“, rief er. „Macht uns gute Honigbirnen draus!“ Sogleich flogen die Bienen in den Baum, stachen winzige Löcher in das Fruchtfleisch und füllten sie mit Honig, während der Erdgeist auf den Baum kletterte und den hungrigen Kindern die Früchte zuwarf. „Ihr braucht keine Angst zu haben! Von diesen Birnen werdet ihr keine Bauchschmerzen bekommen!“
Und tatsächlich: Die Früchte waren bekömmlich und süß.

Von diesem Tage an trug der Baum jedes Jahr Birnen mit winzigen, braunen Pünktchen. Und waren die Früchte auch grün und hart wie die Holzbirnen, so schmeckten sie dennoch süß wie Honig ....

Stunden später ist es tiefe Nacht im Wald geworden. Für Füchse, Dachse und die scheuen Eulen ist es nun an der Zeit, Beute zu machen.

Die uralten Gefährten in der unterirdischen Höhle liegen eng aneinander geschmiegt auf ihrer Lagerstatt aus Heu und Stroh. Beide schlafen tief und fest und keiner bemerkt die ungewöhnliche Kälte, die die Höhle in dieser Nacht erfasst. Es wird so kalt, dass sich sogar eine dünne Schicht Raureif auf dem Moosteppich bildet. Doch am nächsten Morgen sind die feinen, silbern glänzenden Eiskristalle verschwunden und von der seltsamen Kälte ist nichts mehr zu spüren.

Stille liegt über dem Windachtal. Die Luft schwirrt über den Kornfeldern. Die Tiere haben sich zurückgezogen. Kein Vogel singt. Zu groß ist die schwülwarme Mittagshitze. Auch der Goggolori ruht im Schatten einer großen Eiche. Zufrieden döst er vor sich hin, hebt hin und wieder ein Augenlid, doch nur, um es gleich darauf wieder mit einem tiefen Atemzug zu schließen.

In der Höhle unterhalb der Fliehburg spürt Zeipoth nichts von der Hitze, die das Leben im Wald lähmt. Dort herrscht wie immer die gleiche, angenehm warme Temperatur.

Doch an diesem Tag geschieht etwas Unfassbares:

Während Zeipoth Faden um Faden spinnt, erfasst sie plötzlich ein eiskalter Lufthauch. Verwundert lässt sie ihre Spindel sinken und blickt suchend umher, ohne jedoch einen Grund für die plötzliche Kälte zu erkennen. Fröstelnd schlingt sie die Arme um sich. Von einer unbestimmten Angst gepackt, erhebt sie sich und beginnt, in der Höhle auf und ab zu laufen.

Es ist nicht die Kälte, die Zeipoth fürchtet. Das Gefühl, fast erfrieren zu müssen, kennt die Uralte aus ihrer Kindheit und Jugend nur zu gut, wenn sie im Winter stundenlang Brennholz sammeln oder die Wäsche im Fluss waschen musste. Auch in den Stuben war es während der Wintermonate bitterkalt und in den Schlafkammern fror manchmal sogar das Bettzeug an! Nein, Kälte fürchtet Zeipoth nicht.

Es ist das unbestimmte Gefühl einer drohenden Gefahr, das die alte Frau ängstigt. Bilder tauchen in ihrem Kopf auf. Bilder, die sie längst vergessen glaubte. Sie sieht Finning vor sich. Das tief verschneite Dorf. Die Menschen, die sich alle in ihre Häuser zurückgezogen haben. Sogar die Wachen, die das Dorf vor Fremden sichern sollen, haben ihre Posten verlassen, um Schutz in ihren Hütten zu suchen, denn ein eiskalter Sturm fegt von Osten her über das Dorf ....

Es war im Winter 1627. Eines frühen Morgens war der Goggolori nach Finning gekommen und durch die Gassen gezogen. Er hatte ein kleines Räucherpfännchen bei sich und verbrannte darin seltene, stark riechende Kräuter. So war er von Haus zu Haus gewandert, hatte in allen Stuben und Ställen geräuchert und die Menschen eindringlich gewarnt: „Lasst keine Fremden in euer Haus! Lasst niemanden in euer Dorf! Die Pest geht um!“

Der Schwarze Tod? Zuerst hatte das niemand glauben wollen, doch dann erinnerte man sich der dunklen Anzeichen, die es in den letzten Wochen gegeben hatte. Sollten diese möglicherweise auf das drohende Unglück hinweisen?
So hatten Uttinger Fischer im Morgengrauen einen langen Zug geheimnisvoller Nebelgestalten am Ammerseeufer beobachtet, die Tote auf ihren Armen trugen und mit ihnen im See verschwanden.
Im Windacher Schloss war seit Wochen die graue Frau wieder umgegangen und schwebte, einen Kindsmord büßend, nachts laut weinend und klagend durch die langen Gänge.
Auch in Eresing war Sonderbares geschehen: Da hatte sich in allen Häusern über Nacht die Milch in Blut verwandelt und in der Totengruft konnte man in mondhellen Nächten die Toten klopfen hören!

Nun hatten die Finninger nach einigem Hin und Her beschlossen, dem Rat des Erdgeistes zu folgen und Wachen aufzustellen, die Fremden den Zutritt ins Dorf verwehren sollten, und schon bald darauf zeigte es sich, wie gut sie daran getan hatten. Die Pest war tatsächlich ausgebrochen. Zuerst in der Stadt Landsberg, dann auch in den umliegenden Dörfern. Nur Finning war für lange Zeit verschont geblieben. In jener eiskalten Nacht aber, als der Ostwind durch das Dorf pfiff und die Wachen ihre Posten verlassen hatten, klopfte auch hier der Schwarze Tod an die Tür.

Zeipoth ging früh schlafen an diesem Abend. Ihr Vater arbeitete noch an seinem Webstuhl und die Mutter saß vor dem Herdfeuer in der Stube und spann Flachs.
Als es leise an der Tür klopfte, horchte die Weberin verwundert auf. Wer konnte das zu dieser späten Stunde sein?
„Frau, ich bitte dich, lass mich herein!“ Die fremde, tiefe Stimme war im pfeifenden Schneesturm kaum zu hören.
Zeipoths Mutter rührte sich nicht. Wie war es dem Fremden gelungen, trotz der Wachen ins Dorf zu kommen, fragte sie sich verwundert.
Da klopfte es erneut.
„Bei unseres Herrn Barmherzigkeit! Lass mich ins Haus!“
Doch die Frau bewegte sich immer noch nicht von ihrem Platz. Hatte der Goggolori nicht gesagt, dass sie keinen Fremden ins Haus lassen dürfte?
„So öffne doch! Ich bin es – August!“
Jetzt machte das Herz der Weberin einen Sprung. August? Ihre heimliche Jugendliebe?
Sie erhob sich zögernd und ein drittes Mal pochte es an der Tür.
„Hab‘ Mitleid! Ich .... ich bitte dich!“
Der gottesfürchtigen Frau blieb keine Wahl. Sie kannte das Gebot der Nächstenliebe und so öffnete sie die Tür.
Sie sah sofort, dass August schwer krank war. Er wankte in die Stube und bat flüsternd um Wasser, doch im nächsten Augenblick war er ohnmächtig auf die Ofenbank gesunken.
Zeipoths Mutter legte ihm eine Decke um und tupfte ihm den Fieberschweiß vom Gesicht. Dann bemerkte sie das Blut, das aus den Ohren ihres Jugendfreundes floss und die Eiterbeulen, die sich auf seinem Hals abzeichneten. Große Furcht ergriff die Weberin. Sie hatte die Pest ins Haus gelassen!

Kurz darauf wurde Zeipoth wach, weil etwas an ihren Haaren zog. Es war der Goggolori.

„Du musst fort von hier!", rief er und rüttelte ungeduldig an ihrer Schulter. Das Mädchen sah sofort, dass der Erdgeist in großer Sorge war. Deshalb stellte es keine Fragen, sondern warf sich nur eine dicke Wolldecke um die Schultern und folgte ihm durch die Hintertür nach draußen.

Der Goggolori führte Zeipoth aus dem Dorf und über die tief verschneiten Fluren. Der eisige Wind schnitt ihr ins Gesicht, und als sie die Fliehburg erreichten, zitterte Zeipoth wie Espenlaub.

Unter der Schlehenhecke versteckt befand sich der verborgene Eingang zur Erdhöhle des Goggolori. Er legte den Eingang frei und gab dem Mädchen mit einem Wink zu verstehen, ihm zu folgen. Dann verschwand er in dem Loch, das tief ins Erdreich hinabreichte.

Ein langer, dunkler Gang führte in engen Windungen und Biegungen tief nach unten. Zumeist musste Zeipoth krabbeln, um vorwärtszukommen, manchmal aber war sie gezwungen, auf dem Bauch liegend zu kriechen. Hier herrschte völlige Dunkelheit und Zeipoth fürchtete sich. Immer wieder schaute sie nach dem Goggolori, um sich zu vergewissern, dass er noch bei ihr war. „Hab' keine Angst", drang daraufhin jedes Mal die Stimme des Erdgeistes durch die Dunkelheit. „Du hast es gleich geschafft."

Tatsächlich endete der Gang nur wenig später in einer lichtdurchfluteten Höhle, die mit duftendem, weichem Moos ausgelegt war. Von der Kälte, die oben im Wald herrschte, war hier unten nichts zu spüren. Dann bemerkte Zeipoth das Flüstern, Raunen, Summen und Wispern, das die Höhle erfüllte, und blickte den Goggolori erstaunt an.

„Das sind die Unterirdischen", erklärte er, „scheue Wesen, die noch nie ein Mensch gesehen hat. Sie leben tief im Erdreich verborgen und singen bei Tag und Nacht. Siehst du das Licht?" Er deutete auf das

goldglänzende Licht, das aus vielen, kleinen Löchern und Spalten aus der Höhlenwand drang. „Von dort kommen ihre Stimmen."
Er lächelte und zeigte auf ein Lager aus Stroh und Laub. „Setz dich. Hier kannst du dich ausruhen."
Erst jetzt bemerkte Zeipoth, wie erschöpft sie war. Erleichtert ließ sie sich nieder. „Warum hast du mich hierher gebracht?", fragte sie leise, obwohl sie die Antwort fürchtete.
Da berichtete der Goggolori von dem Pestkranken, den die Weberin in dieser Nacht ins Haus eingelassen hatte.
„Er ist todkrank, Zeipoth", erklärte er bekümmert. „Und noch ehe der Morgen graut, wird er sterben. Deine Mutter hat dem Schwarzen Tod die Tür geöffnet."
Bei diesen Worten stockte dem Mädchen der Atem und es sprang auf. „Aber dann muss ich sogleich zurück und alle warnen!" Doch der Goggolori hielt sie zurück. „Es ist zu spät. Du kannst nichts mehr tun."
Er sprach mit so großem Ernst, dass Zeipoth sich sofort wieder setzte. „Aber du", rief sie voller Hoffnung, „du kannst doch helfen! Ich bitte dich!"
Traurig schüttelte der Erdgeist den Kopf. „Es tut mir so leid, Zeipoth, aber es gibt kein Kraut, das gegen die Pest gewachsen ist." „Ich kann nur dir allein helfen. Wenn du willst, so kannst du hierbleiben, bis das große Sterben ein Ende hat."
Da vergrub Zeipoth ihr Gesicht in den Händen und begann zu weinen. Tröstend strich ihr der Goggolori übers Haar. „Zeipoth", sagte er nach einer Weile, „so höre doch: die Unterirdischen! Sie singen für dich!"
Und Zeipoth hielt in ihrem Weinen inne und lauschte den geheimnisvollen Stimmen. Tief drangen sie in ihre Seele. Die lähmende Angst verschwand und Hoffnung kehrte in ihr Herz zurück.

Am nächsten Morgen schenkte der Goggolori der Weberstochter eine silberne Spindel und zeigte ihr, wie sie damit einen Faden spinnen konnte, der feiner als der einer Spinne war.

Den ganzen Winter über spann Zeipoth und lauschte dabei dem tröstlichen Gesang der Unterirdischen, während der Erdgeist über das Land zog. Großer Schrecken erfasste ihn, als er das Leid sah, das überall herrschte.

Der Schwarze Tod hatte alle Dörfer in der Umgebung erfasst und kaum eine Familie war verschont geblieben. An den Häusern Erkrankter hingen Strohbündel zur Warnung der Gesunden und manche Gemeinde war so stark von der Pest betroffen, dass sie bei Strafe weder betreten noch verlassen werden durfte.
Doch nichts konnte die Ausbreitung verhindern. Weder Gebete oder Bittprozessionen noch kurfürstliche Mandate, wonach bei Strafe weder tote Hunde und Katzen noch der Inhalt der Nachttöpfe auf die Straßen geworfen werden durften.
Die Geschäfte der Ullerin jedoch blühten. Sie verkaufte Pestsalben, Kräutertinkturen und magische Amulette, die die Krankheit abwehren sollten, und verscharrte die Toten gegen gute Bezahlung am Dorfrand.
Der Goggolori versuchte zu helfen, wo er konnte. Doch das große Sterben vermochte er nicht aufzuhalten ....

Die Macht der Erinnerungen ist so groß, dass Zeipoth alles um sich herum vergessen hat. So bemerkt sie nicht, dass es in der Erdhöhle wieder wärmer geworden ist. Wie ein gefangenes Tier läuft sie immer noch hin und her.
Die Erinnerungen an jene dunkle Zeit schmerzen. Sie kann die Sorge und Angst um die daheim Verbliebenen immer noch fühlen.
Wie sehr hatte sie sich gewünscht, alle wohlbehalten wiederzusehen! Doch dieser Wunsch war nicht in Erfüllung gegangen. Ihr Vater hatte alles glücklich überstanden, aber ihre Mutter war als eine der Ersten im Dorf an der Pest gestorben.

Nach und nach verblassen die dunklen Bilder aus der Vergangenheit und der Gesang der Unterirdischen vermag in Zeipoths Bewusstsein zu dringen. Die Alte hält inne und lässt sich erschöpft auf ihr Lager sinken. Dort fällt sie augenblicklich in einen unruhigen, von Alpträumen gezeichneten Schlaf ....

„Zeipoth, Zeipoth! Warum hast du mich verraten? Warum hast du dein Versprechen gebrochen?“
Das Gesicht des Goggolori ist wie im Schmerz verzerrt und in seinen Augen spiegeln sich Verzweiflung und Leid. „Warum hast du mir das angetan?“
Zeipoth ringt die Hände. Sie fällt auf ihre Knie und bittet um Verzeihung. Doch der Goggolori wendet seinen Blick ab und zerfällt vor ihren Augen zu grünem Staub. Um Zeipoth ist es plötzlich stockdunkel. Hochzeitsglocken läuten. Eine gebrochene Stimme erfüllt die Dunkelheit.
„Zeipoth! Hilf mir! Bitte!“
Zeipoth kennt den Rufenden. Es ist Aberwin.
„Aberwin! Wo bist du?“, ruft sie und stolpernd tappt sie durch das Schwarz, das sie umgibt. Da öffnet sich der Boden unter ihren Füßen und sie fällt und fällt und fällt ....

„Zeipoth!“ Energisch rüttelt der Goggolori an Zeipoths Schulter. „Wach auf!“
Die alte Frau schlägt die Augen auf. „Goggolori ....“
„Was ist mit dir?“ Der Erdgeist ist voller Sorge. „Du hast geschrien und geweint.“
Langsam richtet sich Zeipoth auf und ein heftiger Schmerz erfasst den Goggolori. Wie zerbrechlich und verletzlich sie aussieht!
„Wie gut, dass du wieder da bist, Goggolori. Es geschehen sonderbare Dinge“, flüstert die Uralte und erzählt mit zitternder Stimme von der ungewöhnlichen Kälte in der Höhle und von ihrem Alptraum.

„Nie zuvor habe ich diese Kälte gespürt und in all den Jahren, niemals geträumt. Was geht hier vor sich?“
„Ich weiß es nicht, Zeipoth“, erwidert ihr Gefährte leise. „Noch nicht. Doch du hast gut daran getan, es mir zu sagen.“

Tief in der Nacht verlässt der Goggolori die Höhle.
Ein sternenklarer Himmel liegt über dem Wald und die Strahlen des Mondes durchdringen da und dort silbern glänzend die Baumkronen. Der Erdgeist hebt einen langen Ast vom Boden auf und hält ihn hoch über seinen Kopf. Dann beginnt er eine Melodie zu summen und den Ast im Strahl des Mondes so lange zu drehen, bis dieser selbst so hell wie das nächtliche Gestirn leuchtet.
Auf diese Weise fängt der Goggolori das Mondlicht ein. Es ist das Licht, das Zeipoth in ihrem Weidenkorb verwahrt, um daraus ihre silbern glänzenden Fäden zu spinnen.
Nachdem der Erdgeist genug Mondlicht eingefangen hat, kehrt er in seine Höhle zurück und legt sich neben Zeipoth, die tief und fest schläft. Er ist sehr besorgt. Die Kälte, Zeipoths Alptraum, ihre plötzlichen Erinnerungen. All das sind bedrohliche Anzeichen. Konnte eingetreten sein, wovor er sich am meisten fürchtet?
Lange noch liegt der Goggolori in dieser Nacht wach. Die Sorge lässt ihn keinen Schlaf finden und unruhig wirft er sich von einer Seite zur anderen. Irgendwann erwacht Zeipoth und nimmt, noch halb im Schlaf, seine winzige Hand in die ihre. Da erfasst den uralten Erdgeist eine tiefe Woge der Zuneigung für seine Gefährtin. Er betrachtet sie eine Weile, dann, endlich, sinkt er lächelnd in den Schlaf.

Es wird Herbst. Die Blätter der Buchen beginnen sich zu verfärben und tauchen den Wald nach und nach in ein prächtiges Orange. Die meisten Waldbewohner sind mit den Vorbereitungen für den Winter beschäftigt und auch der Erdgeist sammelt Nüsse und Schlehen, um sie in seiner unterirdischen Höhle für die langen, dunklen Monate zu lagern.
Der Goggolori liebt den Herbst.
Er mag es, wenn die Stürme seinen Bart umwehen oder ihm den Hut vom Kopf reißen. Er liebt die milde, goldene Herbstsonne, die Nebelschleier über den Feldern, den Raureif früh morgens auf den Wiesen und den feinen Nieselregen, der sich sanft auf sein Gesicht legt.
Doch in diesem Herbst empfindet der Erdgeist zum ersten Mal nicht nur Freude. Ein ihm bislang unbekanntes Gefühl hat ihn erfasst, und mit Wehmut und Sorge betrachtet er die jahreszeitlichen Veränderungen, deutlich fühlend, dass seine Welt bedroht ist.

Auch die Unterirdischen spüren eine schleichende Gefahr. Ihr Gesang ist während der letzten Wochen leiser und verhaltener geworden und manches Mal singen sie auf eine Art und Weise, die Zeipoth zu Tränen rührt.
Doch die alte Frau achtet weder auf die Veränderungen im Gesang der Unterirdischen noch auf den sorgenvollen Gesichtsausdruck ihres Gefährten. Zunehmend versinkt sie in ihren Erinnerungen und die Vergangenheit wird ihr zu einer vertrauten Bekannten, die sie nun immer öfter heimsucht.

Eines Abends, als der Goggolori im Wald unterwegs ist, wandern Zeipoths Gedanken abermals weit zurück in die Vergangenheit. Sie denkt an jenen Tag zurück, an welchem der Goggolori verkündete, dass die Pest vorüber sei und sie wieder in ihr Dorf gehen könne ....

Wie wunderbar war es, nach all den vielen Wochen aus der Höhle in den von der Sonne durchfluteten Frühlingswald zu treten! Zeipoth war schier überwältigt von der Pracht, die sie umgab. Über einem Meer blau blühender Leberblümchen tanzten gelbe Zitronenfalter. An den Bäumen und Büschen entfalteten die hellgrünen Knospen ihr zartes Blätterkleid und die Vögel zwitscherten übermütig.
Eine Weile stand Zeipoth nur da und betrachtete staunend die Natur. Dann trat der Goggolori neben sie und bat sie, mit ihm zu gehen. Er führte sie in den Innenhof der Fliehburg. Dort war eine große Leinwand ausgespannt: ein feiner, mit kunstvollen Mustern verzierter Stoff, der im Sonnenlicht wie reines Silber glänzte.
„Diesen Stoff haben die Unterirdischen aus den Fäden gefertigt, die du den Winter über gesponnen hast“, erklärte der Goggolori. „Ich schenke ihn dir. Er soll deine Aussteuer sein.“ Vergnügt lachte er der Verdutzten ins Gesicht: „Na, nun schau nicht so! Er soll dir gehören.“
Und dann deutete er vor sich in den Wald und der Schalk blitzte nur so aus seinen Augen. „Ja, und sieh doch! Eine Aussteuer hast du nun und ein Bräutigam ist auch nicht weit!“ Zeipoth traute ihren Augen kaum. Ein junger Mann lief durch den Wald. Es war Aberwin!

Zeipoth und Aberwin hatten sich sich im Frühsommer des Jahres 1627 auf einer Hochzeit kennengelernt, nur wenige Monate, bevor die Pest in Finning ausbrechen sollte.
Der Sohn eines Andechser Köhlers verdiente sich als Hochzeitsmusikant ein Zubrot und er war eingeladen worden, bei einer Finninger Hochzeit zu spielen. Dort verliebten sich Aberwin und Zeipoth, und Aberwin blieb im Dorf. Am Tage verdingte er sich als Tagelöhner auf den Feldern und am Abend traf er Zeipoth heimlich am Waldrand, wo sie sich ewige Liebe schworen.
Doch ihre Liebe war ohne Zukunft, denn weder Aberwin noch Zeipoth besaßen etwas von Wert. Ohne den Besitz eines Hauses konnte man in jenen Tagen keine Heiratsgenehmigung erhalten.

Als Zeipoth eines eiskalten Winterabends spurlos verschwunden und alles Suchen vergeblich geblieben war, kehrte Aberwin zurück in seine Heimat nahe Andechs, wo er im Wald Kohlen brannte und versuchte, Zeipoth zu vergessen.
Nach dem überstandenen Pestwinter führte ihn die Sehnsucht jedoch erneut nach Finning und ein glücklicher Zufall wollte es, dass er gerade in dem Augenblick durch den Wald wanderte, als der Goggolori Zeipoth sein Geschenk überreichte.
Was war das für ein Glück! Zeipoth hatte Aberwin wiedergetroffen und durch das großzügige Geschenk des Gogolori würden sie sogar heiraten können!

Ihr Vater wollte seinen Augen nicht trauen, als er Zeipoth, seine tot geglaubte Tochter, vor sich stehen sah. Dem alten Mann standen die Sorge und das Leid der letzten Monate deutlich ins Gesicht geschrieben. Er war bis auf die Knochen abgemagert, seine Wangen waren eingefallen und tiefe Falten zeichneten sein verhärmtes Gesicht. War doch sein einziges Kind über Nacht auf unerklärliche Weise verschwunden und schon bald darauf seine Frau als eine der Ersten an der Pest gestorben.
„Zeipoth! Mein Kind“, flüsterte der Weber, wie benommen vor Glück, „du lebst!“
Nachdem Zeipoth, Aberwin und der Goggolori ins Haus gegangen waren und am Tisch in der Stube Platz genommen hatten, lief der Weber in seiner Freude nach draußen, um allen im Dorf zu erzählen, dass seine Tochter wohlbehalten zurückgekehrt war. Viele Finninger dachten, er müsse verrückt geworden sein, galt das Mädchen doch seit vielen Monaten als tot. Doch die Neugier trieb sie schließlich zum Weberhaus und bald drängten sich Groß und Klein um den Tisch und die, die keinen Platz in der Stube gefunden hatten, versuchten, durch eines der Fenster einen Blick auf die Tischgesellschaft zu erhaschen.

Alle freuten sich über die glückliche Heimkehr der Weberstochter und neugierig bedrängten sie Zeipoth mit Fragen: Wo sie den Winter verbracht hatte, wieso Aberwin und der Erdgeist bei ihr waren und woher der kostbare Stoff auf ihrem Tisch käme. Zeipoth beantwortete alle Fragen geduldig. Sie war ja so glücklich und unendlich dankbar!
„Ihr müsst wissen", sagte Zeipoth und deutete auf den Erdgeist, „all mein Glück, einfach alles, verdanke ich einzig und allein dem Goggolori!"
Dem Goggolori.
Da war es gesagt! Der geheime Name war ausgesprochen!
Alle Finninger, auch die, die sich vor dem Fenster drängten, hatten Zeipoths Worte gehört.
Zeipoth begriff sofort, was sie getan hatte. Totenbleich und starr vor Schreck blickte sie in die Augen des Erdgeistes, sah sie trüb werden, sah das silberne Leuchten in ihnen erlöschen. Verzweifelt streckte sie ihre Arme nach ihm aus, doch er beachtete ihre stumme Geste der Abbitte nicht. Sein Gesicht verzerrte sich wie im Schmerz und ein dichter, grüner Qualm stieg um ihn herum auf. Dann stieß er einen hohen, durchdringenden Klagelaut aus, Lichtblitze zuckten auf und mit einem lauten Knall verschwand er vor den Augen aller.

Danach wagte keiner zu sprechen. Totenstille herrschte in der Stube, während sich langsam der Qualm auf das kostbare Tuch senkte und es mit einer dünnen, grünen Staubschicht bedeckte ....

Tränen rinnen über Zeipoths hageres Gesicht.
Keine der Erinnerungen schmerzt so wie diese. Der Tag, der so glücklich begonnen hatte, sollte der dunkelste in ihrem Leben werden. Die Unterirdischen spüren ihre Not und flüstern, summen und wispern besonders zärtlich und liebevoll. Dennoch gelingt es ihnen nicht, sie zu trösten. Zu groß ist die Schuld, die sie fühlt!

Als der Goggolori wenig später in die Höhle zurückkehrt, bemerkt er das tränennasse Gesicht seiner Gefährtin sofort. In großer Sorge springt er auf ihren Schoß. „Was ist mit dir? Warum weinst du?“
„Es sind die Erinnerungen“, flüstert Zeipoth, „ich kann mich nicht gegen sie wehren. Es ist wie ein Fluch!“
„Es tut mir so leid.“ Der Erdgeist streicht seiner Gefährtin über das Haar.
„Es scheint, als müsse ich meine Vergangenheit noch einmal durchleben. Aber warum nur?“
„Ich weiß es nicht, Zeipoth“, erwidert der Goggolori leise, „aber vielleicht kann ich dir helfen, all das besser durchzustehen. Lass mich mit dir zusammen die Vergangenheit durchleben!“ Er rückt ganz dicht an die alte Frau heran. „Du wirst sehen, dann wird es leichter sein.“
Zeipoth blickt den Freund erstaunt an. „Aber wie soll das gehen?“
Der Goggolori lächelt. „Du vergisst, dass ich ein Erdgeist bin!“ Er zaubert mit einer kleinen Bewegung seiner Hand drei bläulich schimmernde Lichtpunkte herbei, die anwachsen und sich wie ein Schleier um die beiden legen.
Bedeckt von diesem geheimnisvollen Licht, verliert Zeipoth die Furcht vor den Bildern ihrer Vergangenheit und gemeinsam mit dem Gefährten betritt sie ihre Gedankenwelt ....

Es ist die Stunde ihres Verrats. Nur wenige Minuten, nachdem sie den geheimen Namen des Erdgeistes ausgesprochen und sich der Goggolori in einer dunklen Rauchwolke aufgelöst hat:
Ein verängstigtes Raunen und Flüstern hat sich unter den Finningern erhoben und mit großer Sorge bemerkt Aberwin das stumme Entsetzen, welches Zeipoth ergriffen hat. Wie versteinert sitzt die Weberstochter am Tisch und reagiert auf keine seiner Fragen.

In seiner Hilflosigkeit springt Aberwin vom Stuhl auf und drängt die Leute aus der Stube. „Schert euch weg“, ruft er, „hier gibt es nichts mehr zu sehen!“

Doch nicht jeder ist gewillt, dem Folge zu leisten. Offensichtlich missfällt es einigen sogar sehr, Anweisungen von dem auswärtigen Köhlerssohn zu erhalten.

„Mit welchem Recht spielst du dich als Herr des Hauses auf?“, ruft einer und ein anderer fragt: „Meinst du, wir lassen uns von so einem wie dir etwas anschaffen?“

„Was soll das“, ruft Aberwin, „seht ihr denn nicht, dass es Zeipoth schlecht geht?“ Er deutet auf das Mädchen an seiner Seite und wiederholt noch lauter als zuvor: „Raus jetzt! Mit euch allen!“

„Hört den Bettelmusikanten! Was glaubt er eigentlich, wer er ist?“ Die rauflustigen Burschen treten einige Schritte auf Aberwin zu. Nun scheint der richtige Moment gekommen, dem Musikanten eine Abreibung zu verpassen.

„Der Einzige, der macht, dass er rauskommt, bist du!“, ruft einer und beginnt, unter dem lauten Gejohle der anderen, Aberwin vor sich her zu stoßen.

Ich weiß nicht, was mit mir war,“ flüstert Zeipoth. Tief liegen ihre Augen in den Höhlen und sie wirkt um Jahrzehnte gealtert. „War es der Schock über meinen Verrat, der mich so lähmte? Ich bemerkte nichts von all dem, was in der Stube vorging! Erst als eine wilde Schlägerei zwischen Aberwin und den Burschen entbrannt war, konnte ich wieder klar denken. Da sah ich, wie einer von ihnen ein Messer zog! Ich rief Aberwin zu, dass er fliehen müsse, sprang auf und warf mich gegen den Messerstecher. Gleich darauf zwang mich ein starker, stechender Schmerz in die Knie. Ich konnte noch sehen, wie Aberwin aus dem Fenster stürzte, dann fiel ich in Ohnmacht.“

„Was geschah danach?“ Ganz leise und sanft ist die Stimme des Erdgeistes. Er will Zeipoth nicht quälen, doch er weiß, dass sie sich dieser Erinnerung stellen muss.

„Vater erzählte mir am nächsten Morgen, dass die Burschen ihn mit Hunden aus dem Dorf gejagt hatten. Tief in der Nacht hatte er sich heimlich zu unserem Haus zurückgeschlichen, um mir ausrichten zu lassen, dass er für den Kurfürsten gegen die Schweden in den Krieg ziehen wolle. ‚Für den Sold will er einen Hof kaufen und dann zurückkommen, um dich zu heiraten', erzählte Vater."

Die uralte Frau lächelt traurig. „Er versuchte mich zu trösten. ‚Schau, Mädchen', sagte er, ‚alles wird gut.' Doch wie konnte es das? Ich hatte doch alles zerstört! In den nächsten Wochen aß ich kaum und duldete nur meinen Vater in meiner Kammer. Die tiefe Wunde, die das Messer in meiner Schulter verursacht hatte, heilte nur langsam. Während der langen Stunden, die ich liegend im Bett verbringen musste, quälten mich Bilder von Aberwin, den ich blutüberströmt auf einem Schlachtfeld liegen sah. Tag für Tag hoffte ich stärker auf ein Lebenszeichen von ihm, doch je mehr Zeit verstrich, desto größer wurde meine Gewissheit, dass ich ihn nie mehr wiedersehen würde.

Auch du, Goggolori, wolltest mir nicht aus dem Kopf. Wie hätte ich auch deinen klagenden, verzweifelten Schmerzensschrei vergessen können? Manchmal glaubte ich, leises Fußgetrippel zu hören und hoffte inständig, du wärst zurück. Doch wenn ich mich zu dem Geräusch drehte, war es immer nur die Katze, die über die Dielen huschte.

So gingen die Wochen ins Land. Die Wunde an meiner Schulter war geheilt, doch die Traurigkeit, die mich seit jenem unglückseligen Tag erfasst hatte, ließ mich nicht mehr los. Egal, ob die Sonne schien oder ein warmer Sommerregen niederging – um mich herum blieb die Welt grau und wie im dichten Nebel verhangen. Im Herbst, als sich die Blätter verfärbten und die ersten Stürme über das Land fegten, hielt ich es nicht mehr länger aus."

„Du bist zu mir gekommen."

Zeipoth nickt.

An dem Tag, als sich Zeipoth aufmachte, um mit dem Goggolori zu sprechen, war es ungewöhnlich still im Tal. Schwere Regenwolken verdunkelten den Himmel. Kein Vogel sang, kein Tier raschelte im Laub. Nur die Zweige der Büsche und Bäume flüsterten leise im Wind.

Vor der Schlehenhecke rief das Mädchen immer und immer wieder nach dem Erdgeist, doch vergeblich, und so setzte es sich schließlich auf einen umgefallenen Baumstamm, um zu warten.

So verging Stunde um Stunde, doch Zeipoth harrte aus.

Irgendwann erhob sich ein Reiher nicht weit von der Fliehburg entfernt, breitete seine Flügel aus und flog mit einem klagenden Schrei über das Windachtal. In diesem Augenblick war es, als würde sich der Himmel auftun, und ein so heftiger Regenschauer ergoss sich über den Wald, dass Zeipoth in nur wenigen Minuten vollkommen durchnässt war.

Doch sie blieb. Minutenlang harrte sie zitternd im Regen aus, da kam plötzlich ein Sturm auf. Mächtige Böen fegten über die Anhöhe und zerrten an Zeipoth, als wollten sie sie vertreiben. Aber noch immer wollte sie nicht aufgeben.

„Höre, Goggolori!“, schrie sie gegen den Sturm und den prasselnden Regen an. „Und wenn du Hagel und Schnee oder Blitze vom Himmel auf mich herabschleuderst: Ich werde hier bleiben, bis du mich anhörst!“

Da legte sich der Sturm so plötzlich, wie er begonnen hatte. Auch der prasselnde Regen verging und es war mit einem Male wieder totenstill.

Zeipoths Herz tat einen Sprung, denn der Goggolori schlüpfte unter der Schlehenhecke hervor und trat vor sie hin.

Böse funkelten seine Augen. „Geh!“, befahl er mit harter Stimme. „Geh zurück in dein Dorf! Hier will ich dich nie wieder sehen!“

Zeipoth rührte sich nicht. „Ich kann nicht gehen“, erwiderte sie ruhig, „du musst mich zuerst anhören.“

„Ach, lass mich in Ruhe!“, rief der Goggolori und wandte sich ab. Doch ehe er wieder unter die Hecke schlüpfen konnte, hatte ihn Zeipoth

gepackt. Fest hielt sie den Zappelnden in ihren Händen. „Lass mich los!“, schrie er und wand sich verzweifelt, doch Zeipoth hielt ihn fest. „Zuerst musst du mich anhören!“, wiederholte sie nur, schrie aber im nächsten Augenblick vor Schmerz auf, denn der Waldgeist hatte sich in eine Ringelnatter verwandelt und mit aller Kraft seine Zähne in ihre Hand gestoßen! Blut tropfte von Zeipoths Hand, doch sie ließ nicht los.

Daraufhin verwandelte sich der Goggolori wieder. Diesmal in einen zusammengerollten Igel, dessen feine Stacheln sich tief in ihre Handflächen bohrten.

Aber auch jetzt hielt Zeipoth stand. Nichts konnte schlimmer sein als der Schmerz, den sie in ihrem Herzen spürte.

„Ich gebe dich nicht frei!“ flüsterte sie. „Ich halte dich – und wenn‘s sein muss, bis in alle Ewigkeit!“

Bis in alle Ewigkeit ....

Bei diesen Worten ging ein Zittern durch den Körper des Igels, er hob langsam seinen winzigen Kopf und blickte Zeipoth an. In seinen Augen lag so viel Traurigkeit, dass es dem Mädchen einen Stich ins Herz versetzte. Plötzlich schämte sich Zeipoth. Wieso quälte sie den Erdgeist so? Hatte sie nicht schon genug angerichtet?

Vorsichtig setzte sie den Igel auf den Boden.

„Es war falsch von mir, dass ich dich zwingen wollte, mir zuzuhören. Du bist frei. Ich lass dich gehen.“

Nun zitterte das Tier erneut und der Goggolori verwandelte sich in seine wahre Gestalt zurück.

„Was willst du?“, fragte er.

Zeipoth fiel auf die Knie. Sie wollte erklären, dass sie Frieden und Vergebung suche und ihren Fehler wiedergutmachen wolle, doch sie fand keine Worte.

Doch der Erdgeist spürte ihre Not. „Mädchen, dein Verrat lässt sich nicht ungeschehen machen“, sagte er leise. „Aber gräme dich nicht

weiter. Ich verzeihe dir. Ich weiß jetzt, dass du meinen Namen nicht aus Bosheit verraten hast. Nun steh auf und geh zurück zu den Deinen."
„Aber das kann ich nicht!", rief Zeipoth. „Ich will bei dir bleiben!"
„Bei mir? Aber warum denn?"
„Weil ich die Menschen nicht länger ertrage! Ich will bei dir sein. Hier im Wald. In Finning gibt es nichts, was mich hält."
„Und Aberwin?" Prüfend lag der Blick des Erdgeistes auf dem Mädchen.
„Das ist vorbei", flüsterte es und senkte den Kopf.
Eine Weile sprach keiner der beiden ein Wort. Dann durchbrach der Goggolori ihr Schweigen: „Zeipoth, du bist noch jung, und auch wenn jetzt alles dunkel und grau um dich erscheint, so wird es wieder glücklichere Tage geben. Geh zurück in dein Dorf und lebe!"

Starr ist der Blick der uralten Frau auf die Höhlenwand gerichtet und es scheint, als sehe sie durch die Wand hindurch in eine andere, weit entfernte Welt.
„Du hast es nur gut gemeint", flüstert sie, „doch deine Worte waren wie Schläge in mein Gesicht und augenblicklich war alle Hoffnung von mir gewichen."
„Ich weiß und du hast mir auch leid getan, wie du da vor Kälte zitternd vor mir knietest", erinnert sich der Goggolori. „Doch es schien mir nicht richtig, einem jungen Mädchen wie dir zu erlauben, sein Leben im Wald, fernab von anderen Menschen, zu verbringen. Zu diesem Zeitpunkt hatte ich noch nicht begriffen, wie stark und unwiderruflich deine Entfremdung von den Menschen war."
„Ich erinnere mich noch gut, wie ich dich ein letztes Mal flehend ansah, aber du hast nur stumm den Kopf geschüttelt – und da wusste ich, dass ich gehen musste."
„Aber du bist nicht gegangen", merkt der Erdgeist leise an.
„Ja! Plötzlich fiel mir ein Gespräch ein, das wir eines Abends in jenem Winter, den ich in deiner Höhle verbracht hatte, geführt hatten. Damals

hatte ich dich gefragt, warum der Gesang der Unterirdischen bisweilen so unendlich traurig und schwermütig klinge, und du hast mir erklärt, dass sie in diesen Momenten Lieder über ihr Schicksal singen. Darüber, dass sie niemals das Himmelreich erlangen könnten."

Der Goggolori nickt bedächtig. „Ja, ewiges Leben, selbst nach dem Jüngsten Tag. Das war das Los eines jeden von unserer Art." Er lächelt Zeipoth an. „Bis du uns davon erlöst hast."

„An jenem Abend hast du mir erzählt, dass nur ein Menschenkind euch erlösen könne. Es müsse euch seinen Tod schenken, hast du gesagt, dann würdet ihr am Jüngsten Tag sterben und in den Himmel auffahren können."

„Wie dein Gesicht damals strahlte, als dir meine Worte wieder eingefallen waren!", erinnert sich der Erdgeist. „Du hast deine Hände nach mir ausgestreckt und mit fester Stimme, klar und deutlich gesagt: ‚Ich schenke dir meinen Tod, Goggolori.'

Wie unsagbar glücklich und verzweifelt zugleich war ich damals über deine Worte! Endlich war ein Menschenkind bereit, uns zu erlösen. Wie lange schon hatte mein Volk darauf gehofft! Doch wie sollte ich dieses Opfer von dir, einem jungen Mädchen, meiner Menschenfreundin, annehmen?"

Die beiden Gefährten schweigen, verbunden durch ihre gemeinsame Erinnerung und über die Kluft der Jahrhunderte steigen Bilder und Empfindungen in ihnen auf, so stark, so lebendig, als seien sie Gegenwart ....

Zeipoth! Weißt du denn, was du da sagst?" Verzweiflung liegt in der Stimme des Erdgeistes. „Du wirst ewig auf der Erde leben müssen, wenn du uns deinen Tod gibst!"

Zeipoth lacht auf. Hell und klar und voller Glück. „Das stört mich nicht! Wenn ich nur bei dir bleiben kann! Ich will mein Leben mit dir

teilen, bist du beim Jüngsten Gericht Erlösung findest, und wenn es dem Herrgott gefällt, wird er auch mich erlösen."

Da beginnt das Herz des uralten Erdgeistes vor Aufregung und Glück immer schneller zu schlagen. Ganz langsam, so, als wäre er nicht mehr sicher, ob ihn seine Beine noch tragen würden, geht er auf das Mädchen zu. Eine Weile blickt er sie schweigend an und Zeipoth sieht, wie das silberne Funkeln in seine Augen zurückkehrt, so, als würden gerade tausend neue Sterne darin geboren.

„Du willst es wirklich für uns tun?", flüstert der Goggolori.

„Ja, ja! Das will ich!" Zeipoth hat ihre Arme ausgebreitet und so laut gerufen, dass es durch den ganzen Wald hallt. Da springt der Erdgeist mit einem Glücksschrei in ihre ausgebreiteten Arme und küsst sie. Wieder auf dem Boden, verfällt er in einen übermütigen Freudentanz: Er überschlägt sich lachend im Gras, packt Laub und wirft es in die Luft, springt auf Bäume und wieder hinab und schlägt ein Rad nach dem anderen!

Nun ist auch das Leben im Wald zurück! Die bedrückende, schwermütige Stimmung, die noch vor wenigen Augenblicken auf allem gelegen hat, ist verschwunden und überall beginnt es zu rascheln, zu pochen und zu zwitschern.

Zufrieden und glücklich betrachtet Zeipoth diesen Freudentaumel. Als die Dämmerung hereinbricht, sagt der Goggolori zu ihr: „Geh nun zurück nach Finning. Dein Vater wartet auf dich und er braucht dich noch. Und wegen Aberwin ...." Er hält kurz inne und fährt dann leise fort: „Du wirst ihn noch einmal sehen und wenn es so weit ist, werde ich dir beistehen."

So kehrte Zeipoth also zu ihrem Vater zurück und kümmerte sich um ihn, bis er wenige Monate später starb. Im Frühjahr, als die

Schlüsselblumen die Wiesen in leuchtendes Gelb verwandelten, tat der Weber auf seiner Gartenbank seinen letzten Atemzug.
Zeipoth hielt die ganze Nacht Totenwache bei ihrem Vater. Dann verständigte sie den Pfarrer, und nachdem die Totenglocke geläutet hatte, kamen die Finninger im Weberhaus zusammen, um für den Verstorbenen zu beten und ihn danach, gebettet auf ein langes Brett, zum nahen Friedhof zu tragen.
Zeipoth blieb als Einzige im Weberhaus zurück. Sie holte alles Salz, das im Haus war, und verstreute es in jedem Raum. Anschließend löschte sie das Feuer im Herd und lief in den Hof, um alle Tiere fortzujagen. Wozu sollten sie bleiben? Es gab keinen Herrn mehr, dem sie hätten dienen sollen.
Die Finninger, die nach der Beerdigung im Haus des Webers den Leichentrunk einnehmen wollten, fanden den Hof verlassen vor. Als sie das Salz und das gelöschte Herdfeuer sahen, erschraken sie sehr, denn ihnen allen war der alte Brauch vertraut, Salz zu verstreuen und das Herdfeuer zu löschen, wenn der Letzte einer Sippe gestorben war.

Von diesem Tag an lebte Zeipoth in der Erdhöhle des Goggolori. Doch immer wieder schlich sie unbemerkt nach Finning, in der Hoffnung, Aberwin noch einmal zu treffen. Versteckt hinter den Brennnesseln und Heckenrosen im Garten ihres Elternhauses hielt sie Ausschau – aber stets vergeblich. Und es sollten noch mehrere Jahre vergehen, ehe sich die Wege der beiden erneut kreuzten.

Die Bilder der Erinnerung sind verblasst und die Schatten der Nacht haben sich über den Wald gelegt.
Der Uhu, der bis jetzt in seiner Baumhöhle geschlafen hat, beginnt sich zu regen. Auch die Füchse, Dachse und Marder machen sich auf die Jagd nach Nahrung.
Die Gefährten in der Erdhöhle sind immer noch von einem geheimnisvollen blauen Licht umgeben. „Ich danke dir, dass du mir beigestanden hast“, sagt die alte Frau leise. „So war es viel leichter.“
„Ich bin bei dir, wann immer du mich brauchst, Zeipoth“, erwidert der Goggolori und auf seinen Wink mit dem Zeigefinger zerfällt das Licht zu blauem Staub. „Du siehst sehr erschöpft aus. Lass uns schlafen.“

Die beiden Freunde legen sich eng aneinandergeschmiegt auf das Strohlager und fallen sogleich in einen tiefen, traumlosen Schlaf. Während sie ruhen, erfüllt erneut ein eisiger Lufthauch die Höhle und bedeckt den Moosteppich mit einer dünnen Schicht Raureif.
Doch wie zuvor ist von der plötzlichen nächtlichen Kälte am nächsten Morgen nichts mehr zu spüren.

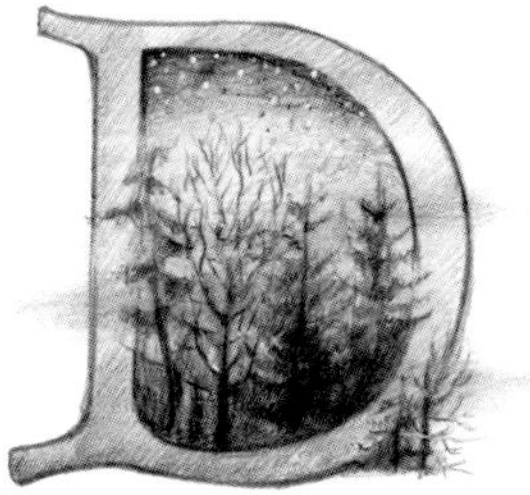

Die Tage werden kürzer und die Nächte kälter. Tagelang liegt zäher Nebel über dem Wald und nur selten dringt die Sonne durch den dichten Schleier.
Die Unterirdischen, tief im Erdreich verborgen, wispern, summen und raunen verhaltener als sonst und auch der Goggolori wirkt in diesen Tagen bekümmert, denn immer deutlicher spürt er die unbekannte Gefahr näherrücken.

Eines Abend, als die beiden Freunde im Dämmerlicht zusammensitzen, entdeckt Zeipoth eine kleine, kreisrunde, braune Stelle in dem sonst immer grünen Moos. „Sieh doch“, sagt sie und deutet darauf, „das Moos dort ist ganz braun!“
Der Goggolori springt zu der Stelle und lässt sich auf den Boden sinken. „Es ist welk geworden“, erklärt er leise.
Zeipoth schüttelt ungläubig den Kopf. „In all den Jahren, die ich hier verbracht habe, ist dies niemals geschehen! Warum jetzt?“
Doch der Erdgeist antwortet nicht. Vorsichtig, fast liebevoll, streicht er über das welke Moos und seufzt. Dann hebt er seinen Blick und Zeipoth erschrickt, als sie den Kummer in seinen Augen bemerkt.
„Was geschieht hier?“, fragt sie leise, und weil sie spürt, dass es dem Goggolori schwerfällt, darüber zu sprechen, drängt sie ihn: „Ich bitte dich! Du musst es mir sagen!“
„Es ist die Zeit. Sie scheint in die Höhle zu dringen.“
Die Worte des Erdgeistes verwirren die alte Frau. „Die Zeit? Wovon sprichst du?“
„Die Zeit dringt in die Höhle“, wiederholt er leise, aber bestimmt. „Deshalb stirbt das Moos.“
„Ich verstehe immer noch nicht. Was hat die Zeit mit dem welken Moos zu tun?“
Der Goggolori erhebt sich und springt mit einem Satz auf Zeipoths Lager-

statt. Langsam, jedes Wort bedächtig wählend, versucht er zu erklären.
„Die Zeit beeinflusst die Menschen. Ihre Vergangenheit ebenso wie ihre Zukunft, ganz gleich, ob sie gefürchtet oder ersehnt wird. Doch wir, das Heimliche Volk, leben außerhalb der Zeit. Für uns ist sie bedeutungslos, und während um uns herum das Leben in einem stetigen Kreislauf vergeht und neu entsteht, bleiben wir stets unverändert. Verstehst du?"
Zeipoth nickt und leise fährt der Erdgeist fort: „Nun ist es uns durch unseren Zauber möglich, die Zeit von den Orten, an denen wir verweilen, fernzuhalten. Wenn ich durch den Wald gehe und meine Spuren hinterlasse, herrscht dort für eine Weile mein Zauber vor. Diese Magie lässt Mensch wie Tier für wenige Augenblicke die Zeit vergessen und ein Gefühl der Glückseligkeit und des tiefen, inneren Friedens verspüren. Und auch hier in der Höhle habe ich die Zeit am Eindringen gehindert. Ist dir nicht aufgefallen, dass in all den Jahren, die du in der Höhle verbracht hast, sich nahezu nichts verändert hat? Du schläfst auf demselben Stroh wie in deiner ersten Nacht. Du trägst immer noch die gleichen Kleider. Und du selbst bist, verglichen mit der Anzahl deiner Lebensjahre, kaum gealtert …."
„Aber ich bin alt geworden!", ruft Zeipoth. „Sieh mich doch an!" Und sie streckt dem Goggolori ihre knochigen, faltigen Hände entgegen.
„Ich weiß, Zeipoth. Du bist älter geworden, aber nur, weil du die Höhle in früheren Jahren immer wieder verlassen hast. Hier, bei mir, existiert die Zeit nicht. Versteh doch: Es ist die Zeit, die alles vergänglich macht. Sie macht auch das Moos vergänglich. Deshalb wird es welk."
Zeipoth nickt nachdenklich. Eine Weile schweigen die Gefährten, dann fragt sie: „So liegt es vermutlich auch am Eindringen der Zeit, dass mich plötzlich so viele Erinnerungen heimsuchen?"
„Ja. Das sterbende Moos, dein Traum und deine Erinnerungen sind Zeichen dafür, dass die Zeit in meine Höhle eindringt. Und hast du bemerkt, dass es hier drin ein wenig kälter wird?"

„Ja, es ist kälter geworden und manchmal spürte ich in den letzten Wochen plötzlich einen kalten Lufthauch. Hat auch das etwas mit der Zeit zu tun?“
„Ja, auch das ist ein Zeichen.“
Das Herz der uralten Frau zieht sich vor Sorge zusammen. Dieses Gespräch ängstigt sie sehr, doch sie will die ganze Wahrheit kennen. Darum fragt sie weiter: „Aber warum geschieht das alles? Kennst du den Grund, Goggolori?“
„Ja.“ Der Erdgeist spricht so leise, dass ihn Zeipoth kaum versteht. „Es ist, weil mich die Menschen vergessen. Doch es ist ihr Glaube, der mir Kraft gibt und der meinen Zauber nährt. Deshalb kann die Zeit in die Höhle dringen: Mein Zauber genügt nicht mehr, um sie daran zu hindern.“
„Aber warum vergessen dich die Menschen?“, ruft Zeipoth aus. Plötzlich spürt sie eine hilflose Wut in sich. „Ein jedes Kind weiß doch, dass es Wesen wie dich gibt!“
„Nein, nein! Das ist es ja! Nicht einmal alle Kinder glauben an mich! Ich bin bestenfalls eine Figur aus dem Märchen! Zeipoth, die Menschen haben sich verändert! Sie haben verlernt, das Heimliche Volk zu sehen. Für sie existiert nur das Sichtbare und uns zu spüren, genügt ihnen nicht als Beweis für unsere Existenz.“ Der Goggolori senkt traurig seinen Kopf. „Es gibt keinen Platz mehr für Wesen wie mich in dieser Welt!“

In diesem Augenblick zerbricht die sichere Ordnung, in der Zeipoth in all den Jahren gelebt hat, und fassungslos starrt sie den Erdgeist an. „Und wenn dich alle Menschen vergessen haben? Was geschieht dann?“
Wie still es nach diesen Worten in der Höhle ist!
Für einen kurzen Moment schweigen sogar die Unterirdischen, so, als würden sie vor Anspannung die Luft anhalten. Als sie gleich darauf wie immer summen, wispern und raunen, antwortet der Goggolori leise:

„Dann wird sich das Vergessen wie ein schwerer Mantel über den Wald legen und es wird sein, als hätte es mich niemals gegeben. Der Wald wird seelenlos und ohne jeden Zauber sein. Ich werde nach und nach meine Zauberkraft verlieren, immer müder werden und schließlich sterben."
„Sterben? Aber Wesen wie du können doch nicht sterben!"
„Mein Tod wird ein anderer sein als der Tod der Menschen", erklärt der Goggolori. „Es wird der Schlaf sein, Zeipoth. Ein langer, tiefer Schlaf, aus dem ich erst am Ende der Welt, am Ende aller Zeit, erlöst werde."

Zeipoth beginnt zu zittern. Sie fühlt sich wie vor 400 Jahren, als sie den Namen des Erdgeistes verraten hatte und Aberwin in den Krieg gezogen war. Damals spürte sie eine Verzweiflung, die ihren Körper auseinanderzureißen drohte. Doch der Schmerz, den sie in diesem Augenblick fühlt, ist noch größer.
„Und ich?", ruft sie. „Ich glaube an dich und bin ich etwa kein Mensch?"
Doch statt zu antworten sieht der Goggolori Zeipoth nur schweigend an und in seinem Blick kann sie die Antwort lesen. Einen Augenblick ist sie wie versteinert. „Ich verstehe", flüstert sie wie benommen, „ich bin kein Mensch mehr."

Tiefes, bedrückendes Schweigen erfüllt nun die Höhle.
Der Gesang der Unterirdischen ist in diesen Minuten nicht mehr als ein Windhauch und auch aus dem Wald dringt kein Laut zu den beiden Gefährten. Grenzenlose Furcht hat alles Leben erfasst.

„Können wir denn gar nichts tun?" Zeipoth will nicht glauben, dass sie nun zusehen muss, wie all das Schreckliche eintritt. „Kann denn gar nichts das Vergessen aufhalten?"
„Die Menschen müssten wieder an mich glauben ...." Der Waldgeist hebt den Kopf und in seinem Blick liegt große Verzweiflung. „Aber sie haben ja verlernt, mich zu sehen!", ruft er aus. „Sie können mich nicht einmal spüren."

„Aber das weißt du doch nicht!“, unterbricht ihn Zeipoth ungehalten. „Goggolori“, sie nimmt den Erdgeist bei den winzigen Händen, „es gibt so viele Menschen! Irgendwo da draußen wird es noch jemanden geben, der die Fähigkeit hat, dich zu spüren! Einen, der bereit ist, trotz allem an dich zu glauben! Das weiß ich! Du musst ihn nur finden!“
Ein kleines, trauriges Lächeln huscht über das Gesicht des Erdgeistes.
„Fürchtest du nicht, enttäuscht zu werden?“, fragt er leise.
„Ich fürchte die Enttäuschung nicht“, erwidert Zeipoth mit fester Stimme. „Solange es Hoffnung gibt, will ich nicht aufgeben und du solltest das auch nicht.“
„So soll ich dich also allein lassen, um auf die große Suche nach jenem Menschen zu gehen?“
„Ja!“, ruft Zeipoth energisch. „Ja! Je eher, desto besser!“
Da lacht der Erdgeist. Es ist das erste Mal seit vielen Tagen. „Meine Zeipoth! Du bist in all den Jahren die Gleiche geblieben!“ In seiner Stimme schwingen Liebe und Bewunderung. „Kämpferisch und voller Mut!“ Dann erhebt er sich. „So wünsche mir Glück, meine Tapfere!“, ruft er, zieht seinen Hut zum Abschied, verwandelt sich in eine Maus und verschwindet in einer Felsspalte.
Lange Zeit blickt Zeipoth zu der Spalte, in die der Waldgeist verschwunden ist. Dann erhebt auch sie sich.
„Viel Glück, mein guter, alter Freund!“, flüstert sie. „Viel Glück bei deiner Suche!“

Ohne wie sonst nach rechts oder links zu sehen, hastet der Goggolori durch den nachtschwarzen Wald, springt über Steine, Äste und Baumstämme.

Ich muss jemanden finden! Ich muss jemanden finden! In Gedanken wiederholt er diesen Satz immer und immer wieder.

Er läuft durch das Dunkel, bis er den Waldrand erreicht, und tritt aus dem Dickicht. Vor ihm erhebt sich auf einer Anhöhe die Willibaldskapelle im Mondlicht. Wehmütig blickt der Waldgeist auf das Kirchlein. Wie gerne würde er jetzt dort unter den Linden sitzen! Doch die Zeit drängt! Wenn er jemanden finden will, darf er nicht rasten! Die Suche wird schwierig werden. Das weiß er.

„Ich muss jemanden finden“, murmelt er beschwörend, „ich muss!“ Dann wirft er einen letzten Blick zurück in den Wald und hastet lautlos weiter.

Der Winter bricht über Nacht herein. Schnee fällt in dicken Flocken vom Himmel und hüllt die Welt in ein dichtes, helles Weiß. In der unterirdischen Höhle bemerkt die alte Zeipoth nichts davon und der Erdgeist, der ihr davon berichten könnte, ist immer noch fort. Seit vier Tagen ist er schon auf der Suche.

Zeipoth fühlt sich einsamer denn je. Zu den quälenden Erinnerungen kommt nun die bange Frage nach der ungewissen Zukunft. Was wird aus ihr werden, wenn der Goggolori niemanden findet?

Am schlimmsten ist die Ohnmacht, die sie fühlt. Sie will hinaus! Will etwas gegen das Vergessen unternehmen! Es schmerzt sie, zur Untätigkeit verdammt zu sein. „Wenn nur dieses elende Unwetter den Eingang nicht verschüttet hätte!“, denkt sie Stunde um Stunde. Sofort würde sie ins Dorf gehen und allen dort erzählen, dass es den Goggolori gibt! Ihr würden die Menschen schon glauben!

Und plötzlich packt die uralte Frau großer Zorn. Sie starrt zur Höhlendecke, dorthin, wo der Wald, wo das Leben ist, und hebt drohend die Faust. „Es gibt den Goggolori!“, schreit sie in die Stille. „Hört ihr! Es gibt ihn!“

Doch ihr Rufen verhallt ungehört und die Welt außerhalb der Höhle geht ihren gewohnten Gang. Die Menschen ahnen von all dem nichts. Sie wissen weder von der Verzweiflung, Furcht und ohnmächtigen Wut, die unterhalb der Fliehburg herrschen, noch von dem Vergessen, das immer weiter Einzug im Wald hält.

Zeipoth aber kann die Bedrohung immer deutlicher fühlen.

Der Gesang der Unterirdischen ist voller Schwermut, denn sie trauern über das drohende Ende des Erdgeistes.

In der Höhle wird es zunehmend kälter und Zeipoth wird immer stärker von ihren Erinnerungen heimgesucht ....

Es gab Anzeichen für die drohende Gefahr.

Im Herbst des Jahres 1646 setzten die Obstbäume ein zweites Mal zur Blüte an und im Ellermoor sah man in sternenklaren Nächten die ruhelosen Seelen Verstorbener im Mondschein tanzen. Doch niemand achtete auf diese Zeichen.

Die Menschen waren guter Dinge: Die Ernte war reichlich ausgefallen. In diesem Winter würde niemand hungern müssen und von den Kriegswirren, die anderswo im Land Leid und Not brachten, waren sie bislang verschont geblieben. Gerüchten, wonach der Feind von Augsburg gen Landsberg unterwegs sei, schenkte niemand Glauben.

Als sich am Tag des Erntedankfestes die Finninger zum Dorfwirt aufmachten, stellte sich ihnen plötzlich der Erdgeist Goggolori in den Weg. Er trug weder Mantel noch Hut und seine Haare standen ihm wirr vom Kopf ab. Um den Bauch hatte er sich einen Totenschädel gebunden und mit zwei langen Knochen schlug er damit den Takt zu einem schaurigen Lied:

„Rumpeldibum, der Schwed‘ geht um,
mit Händ und Füß,
mit feurigem Spieß,
hat die Fenster eing‘schlagen,
hat‘s Blei davontragen,
hat Kugeln daraus gossen,
hat d‘ Bauern erschossen,
hat die Buben erhängt,
und die Mädel ertränkt.
Oh Not, oh Leid, oh Jammer, oh Plag,
die euch der Schwed‘ noch bringen mag!“

So sang der Goggolori und die meisten Finninger lachten über seine Worte. Diejenigen jedoch, die bei diesem Lied ein kaltes Grausen gepackt hatte, erbleichten und wagten nichts zu sagen.

Beim Wirt wurde ausgelassen getanzt und viel getrunken. Niemand dachte mehr an den Gesang des Erdgeistes, doch bei Einbruch der Dunkelheit stieß der Wind die Gasthaustüre auf und der Goggolori stand in der Wirtsstube.
„So, so, feiern tut ihr!", rief er und trat in die Mitte der Tanzenden. Sofort bildete sich ein großer Kreis um ihn und alle warteten gespannt darauf, was als Nächstes geschehen würde.
Der Goggolori bedachte einen nach dem anderen mit einem durchdringenden Blick und sang dann mit krächzender, heiserer Stimme:

„Heute ist Tanztag!
Doch morgen schon Angsttag
und übermorgen
geht das große Sterben an!"

Kaum hatte er die warnenden Worte ausgesprochen, wurde die Wirtshaustüre erneut aufgestoßen und Zeipoth trat ein. Das Haar hing ihr in langen, verfilzten Strähnen über die Schultern und ihr Gesicht war bleich wie der helle Mond.
„Der Schwed'!", schrie sie. „Er kommt! Ihr müsst fliehen!"
Ungläubig starrten die Finninger die verschollen geglaubte Weberstochter an und wagten nicht, sich zu rühren. Da ging die Türe ein drittes Mal auf und diesmal stürzte eine fremde, junge Magd herein. Schweiß rann über ihr Gesicht, ihr Rock war zerfetzt und ihre Füße blutig. „Schwifting brennt", keuchte sie atemlos, „der Schwed' ist auf dem Weg hierher! Ihr müsst sofort weg!"

Nun begriffen die Finninger endlich, dass es ernst war, und Leben kam in sie. Von Panik ergriffen stürzten sie aus dem Wirtshaus und rafften alles an Hab und Gut zusammen, was sie mit sich tragen konnten.
Auf dem Dorfplatz strömten wenig später alle zusammen. Zeipoth

blieb bei ihnen. Sie bot den Menschen an, sie zu einem sicheren Versteck zu führen, und zu ihrer eigenen Überraschung vertrauten ihr die Finninger und folgten ihr ins nahe Ellermoor.
Diese Gegend war gefährlich. Besonders in der Nacht hatten sich schon viele Menschen dort verirrt und waren ertrunken. Auch gingen dort die ruhelosen Seelen um und Irrlichter tanzten im Mondschein. Doch tief im Moor gab es eine trockene Fläche, die nur dem Heimlichen Volk bekannt war. Sie war von dichtem Heckengestrüpp umgeben und konnte von außen nicht eingesehen werden. Dorthin führte Zeipoth die Menschen.

Im Schein des Mondlichts drängten sich alle eng zusammen, als die Schwiftinger Magd von den Geschehnissen in ihrem Heimatdorf zu erzählen begann:
„Es waren zwanzig oder mehr. Sie kamen von Landsberg her und fielen in das Dorf ein. Alles haben sie geraubt! Sogar den Säuglingen die Windel vom Leib gerissen! Nichts und niemand war vor ihnen sicher! Ich war auf dem Feld und habe mich verstecken können. Von dort habe ich alles beobachtet. Die Schweden hatten einen ortskundigen, jungen Soldaten bei sich. Den haben sie halb totgeschlagen, weil er sich geweigert hatte, sie in das nächste Dorf zu führen."
Als Zeipoth die Worte der Magd hörte, wusste sie augenblicklich, dass der Soldat Aberwin war. „Die Schweden haben Aberwin! Ich muss zu ihm!", rief sie, sprang auf, und ehe sie jemand davon abhalten konnte, war sie in der Dunkelheit verschwunden.
Sofort verfielen die verängstigten Finninger in ein aufgeregtes Raunen und Flüstern. Wie konnte das Mädchen nur so dumm sein und sich den Schweden entgegenstellen! Dafür würde sie mit dem Leben bezahlen! Doch nach und nach regte sich das Gewissen der Menschen und schließlich sprach einer der Männer aus, was einige dachten: Sollte

man der Weberstochter nicht zu Hilfe eilen? Vielleicht würde es ja gelingen, die Schweden aus dem Dorf zu vertreiben, ehe sie die Häuser anzündeten?
Daraufhin sprangen einige Männer und Burschen zustimmend auf. Waren sie etwa ängstliche Kaninchen, die im Bau warten, bis der Fuchs vorübergezogen ist? Den Schweden würde man schon zeigen, dass die Finninger zu fürchten waren! Und ohne auf die Warnungen und Bitten der Zurückbleibenden zu achten, folgte eine Gruppe von siebzehn Männern Zeipoth ins Dorf.

Der Himmel über Finning leuchtete rötlich auf, als die schwedischen Soldaten das Dorf in Brand steckten. Bald darauf lag beißender Brandgeruch in der Luft.
Von unbändigem Zorn gepackt lief Zeipoth mit festen Schritten zur Willibaldskapelle, wo die schwedischen Soldaten um ein großes Feuer lagerten. An einer der großen Linden entdeckte sie Aberwin: blutüberströmt an einen Baum gefesselt. Mehr tot als lebendig.
Zeipoth fühlte sich einer Ohnmacht nahe, doch schließlich fasste sie sich und trat, zu allem entschlossen, vor die schwedischen Soldaten. „Gebt ihn frei!“, rief sie und deutete auf Aberwin.
Die Soldaten betrachteten sie neugierig. Was war das für ein sonderbares, bleiches Mädchen, das scheinbar ganz ohne Furcht die Freilassung des Gefangenen forderte? Einige schüttelten verwundert ihre Köpfe, andere lachten amüsiert. Dann sprang einer auf und packte Zeipoth am Arm. „Was willst du mit dem? Der ist doch mehr tot als lebendig! Nimm lieber mich!“, rief er und drückte die Weberstochter fest an sich.
In diesem Augenblick fuhr ein rot glühender Blitz ins Lagerfeuer und ein breiter Erdspalt tat sich auf, aus dem der Goggolori mit einem schrillen Schrei sprang, während er kleine, blaue Lichtblitze aus seinen Fingerspitzen schleuderte.

Die Schweden sprangen entsetzt auf und der Soldat, der Zeipoth an sich gerissen hatte, stieß das Mädchen von sich und lief davon.
Nun kamen auch die Finninger Männer und Burschen zu Hilfe und stürzten sich, mit Mistgabeln, Ästen und Spießen bewaffnet, auf die fliehenden schwedischen Soldaten.
Zeipoth aber bahnte sich einen Weg durch das Kampfgetümmel, hin zu Aberwin. Sie befreite ihn von seinen Fesseln und bettete ihn vorsichtig auf den Boden. Während um sie herum die Wutschreie der Kämpfenden und die Schmerzensschreie der Verwundeten erklangen, weinte sie bittere Tränen um den Sterbenden.

Irgendwann bemerkte sie den Goggolori, der neben sie getreten war und sie traurig anlächelte. „Es ist Zeit, zu gehen“, sagte er leise.
Zeipoth blickte erst auf Aberwin, dann auf die Finninger, die – von einem wahren Blutrausch erfasst – die Schweden grausam niedermetzelten, und sie nickte. Ja, sie war mehr als bereit, diesen Ort für immer zu verlassen. Ihre Seele sehnte sich nach Ruhe und Frieden.
Leise bat sie den Goggolori, Aberwin mit sich nehmen zu dürfen, und der Erdgeist gewährte ihr diesen Wunsch. Er zauberte drei kleine, blaue Lichtpilze aus dem Boden und ließ sie so lange anwachsen, bis sie sich schützend über Zeipoth, Aberwin und den Goggolori gelegt hatten. Inmitten des blauen Lichts spürte die Weberstochter das Gewicht Aberwins nicht und konnte ihn mühelos den weiten Weg über die Felder bis tief in das Windachtal hinein tragen.
In der Nähe der Fliehburg, dort, wo sich Aberwin und Zeipoth einst nach dem Pestwinter wiedergetroffen hatten, bettete ihn Zeipoth ins Gras. Sie setzte sich neben ihn und hielt seine Hand, bis er starb ....

Sieben Tage lang dauert die Suche des Goggolori schon an. Dann kehrt er zu seiner Gefährtin zurück. Als Zeipoth die kleine, braune Waldmaus über den Höhlenboden huschen sieht, ist sie überglücklich. Doch ihre Freude währt nicht lange, denn als der Erdgeist sich in seine wahre Gestalt verwandelt hat, fährt ihr der Schreck in die Glieder. Gebeugt und unendlich müde steht der Gefährte vor ihr.
„Du hast niemanden gefunden. Nicht wahr?“, flüstert sie. „Die Suche war erfolglos.“
Der Goggolori nickt. Die alte Frau bemüht sich, ihre aufkeimende Angst und Enttäuschung zu verbergen und versucht, ein wenig zu lächeln. „Wenigstens hast du es versucht“, sagt sie leise. Wieder nickt er.
„Komm zu mir.“ Zeipoth deutet auf ihren Schoß. „Komm, du bist müde.“
Mit einem dankbaren Blick springt der Erdgeist zu ihr, rollt sich wie eine Katze zusammen und schläft sofort ein. Zeipoth nimmt ihm vorsichtig den Hut ab und legt ihn neben sich auf den Boden. Dann beginnt sie, sein schlohweißes Haar zu streicheln.
In dieser Nacht wird Zeipoth nicht schlafen. Sie wird über den Schlaf ihres erschöpften Gefährten wachen, während sich die Furcht vor der Zukunft wie eine kalte Hand auf ihr Herz legen wird.

In den nächsten Tagen zieht der Goggolori wie immer seine gewohnten Kreise durch den Wald, doch er kommt nur mühsam voran. Es ist nicht nur der hohe Schnee, der ihn so ermüdet. Es ist das Vergessen, das unaufhaltsam näher rückt.
Als er an einem eiskalten Januartag kurz auf einem Stein ausruht, überkommt auch ihn – zum ersten Mal in seinem langen, sehr langen Leben – eine Erinnerung, und in Gedanken reist er zurück zu jener Zeit, als der Finninger Pfarrer vergeblich versuchte, ihn aus dem Dorf zu vertreiben ....

Nach dem missglückten Heimgarten im Hause des Webers lachten die Finninger noch wochenlang über den Streich des Goggolori, doch ihrem Pfarrer trieb es das blanke Entsetzen ins Gesicht, als er von der Anwesenheit des Erdgeistes im Weberhaus hörte. Er hielt ihn für eine Ausgeburt der Hölle, welche er unter allen Umständen aus seiner Gemeinde vertreiben wollte. So begann er auf den Weber einzureden, dass dieser den Gnom fortjagen solle, doch Zeipoths Vater beteuerte, dass er keinen Erdgeist in seinem Haus beherberge. Schließlich sprach der Pfarrer die Menschen auf der Straße an, predigte sogar von der Kanzel gegen den Goggolori und beschwor die Finninger, dass dieses Wesen unbedingt unschädlich gemacht werden müsse.
Der Goggolori reagierte nun auf seine Art auf die Reden des Pfarrers und legte ihm das eine Mal tote Regenwürmer in die Milchsuppe und ein anderes Mal eine Ringelnatter ins Bett. Fast jede Nacht trieb er im Pfarrhof sein Unwesen, schlug mit den Töpfen in der Küche, lief laut pfeifend durch die Stuben und trieb allerlei weiteren Schabernack, sodass der Gottesmann kaum ein Auge zumachen konnte.

Nach einigen schlaflosen Nächten beschloss der Pfarrer, dem Treiben ein Ende zu machen. Gleich nach der Frühmesse fuhr er mit seinem Pferdeschlitten ins Kloster nach Dießen, denn die dort ansässigen Mönche waren für ihre Erfolge beim Bannen böser Geister weithin bekannt. Auf ihre Hilfe hoffend, fuhr er nun – trotz eisiger Kälte und tief verschneiter Wege – durch die Winterlandschaft, ohne zu ahnen, dass der Goggolori mit auf dem Schlitten saß.

Im Kloster empfing man den Pfarrer aus Finning freundlich und nach einer ausführlichen Beschreibung des Erdgeistes und seiner Untaten suchte man gemeinsam die Kirche auf. Dort, so hatte sich ein alter Mönch erinnert, gab es ein uraltes Buch, in dem er einst, vor vielen Jahren, einmal von so einem Wesen gelesen hatte.

Man fand das Buch, angekettet an die Kirchenmauer, auf einem goldenen Pult liegend. Ein junger Priester überflog die Seiten und rief plötzlich aus: „Ich habe etwas gefunden! Hier steht, dass in Schondorf einst ein Nonnenkloster am Seeufer existierte. Die Schwestern dort wurden die Seligen Frauen vom Weingarten genannt. Sie bauten am Westufer des Ammersees Wein an. Siebzig Jahre lang soll ein Erdgeist mit ihnen gelebt haben, der in dieser Zeit von den Schwestern in der christlichen Lehre unterwiesen wurde. Er nahm täglich an der heiligen Messe teil und schwang das Weihrauchfässchen. Mit der Äbtissin, Oberin Hatulun, verband ihn eine tiefe Freundschaft und er trug – so steht hier geschrieben – mit größter Anmut ihre Schleppe.
In dieser Zeit lag ein großer Segen auf dem Kloster und der Wein und alle anderen Feldfrüchte gediehen prächtig. Doch als eine junge Novizin dem Erdgeist in böser Absicht Leid zugefügt hatte, verließ er das Kloster und mit ihm verschwand auch der Segen, der bisher über allem gelegen war. Die Weinstöcke verdorrten und ein Unglück nach dem anderen trat ein. Das Leid gipfelte schließlich im Überfall der Hunnen, die am Sterbetag der Äbtissin das Kloster überfielen und es dem Erdboden gleichmachten."
Nachdem die Mönche dies gehört hatten, überkam sie Zweifel, ob es recht wäre, so ein Wesen zu bannen. Doch der Finninger Priester redete so lange auf die Brüder ein, bis Pater Dominikus, einer der ältesten und erfahrensten der Glaubensgemeinschaft, sich schließlich dazu bereit erklärte, den Pfarrer nach Finning zu begleiten.

In der folgenden Nacht blieb es zum ersten Mal seit Wochen im Pfarrhaus ruhig.
Am nächsten Morgen, gleich nach der Frühmesse, begann Dominikus die Dorfbewohner über den Erdgeist zu befragen und kehrte erst spät am Nachmittag zum Pfarrhaus zurück, wo er schon mit großer Ungeduld erwartet wurde.

„Da seid ihr ja endlich!“, rief der Pfarrer. „Es wird schon bald dunkel! Wir müssen mit der Austreibung beginnen!“
Doch Pater Dominikus schüttelte den Kopf. „Verzeiht mir, Herr“, sagte er leise, „aber ich werde nichts gegen den Erdgeist unternehmen. Ihr müsst wissen, ganz gleich, mit wem ich gesprochen habe, niemand berichtete Schlechtes über ihn. Er treibt wohl gern derbe Späße, aber ein böses Wesen scheint er nicht zu sein.“
Der Gottesmann glaubte sich verhört zu haben. „Ihr wollt doch nicht etwa auf das Geschwätz der Leute hören? Was weiß das einfache Volk schon von solchen Dingen?“
„Es wäre nicht recht“, erwiderte Dominikus. „Bedenkt, dass auch dieses Wesen ein Geschöpf Gottes ist. Gibt es nicht genug Platz für alle in der Welt?“
„Ein Geschöpf Gottes? Diese runzelige, zerzauste Gestalt?“ Empört schnappte der Pfarrer nach Luft. „Ihr wagt es, mich zu belehren?“, rief er wütend aus. „Ihr seid doch nur zu feige! Und jetzt redet ihr euch fein heraus! Geht mir aus den Augen!“ Und er schlug dem betagten Pater die Tür vor der Nase zu.
„Aber Herr!“, rief Dominikus und klopfte an die Pfarrhaustüre. „Wie komme ich denn zurück zum Kloster?“
Doch im Haus blieb es still, so sehr er auch rief und klopfte.

Armer Dominikus! Inzwischen war es dunkel und eisig kalt geworden. Dichte Nebelschwaden zogen durch den Ort und zu allem Übel begann es auch noch zu schneien!
Seufzend zog sich der Mönch die Kapuze seines Mantels über. Er wusste, dass er schnell ein Obdach für die Nacht finden musste, wenn er nicht jämmerlich zugrunde gehen wollte. Doch in dem dichten Schneetreiben verlor er jede Orientierung, irrte hilflos umher und fühlte sich bald so schwach, dass er nicht mehr weitergehen konnte. Die Kälte kroch erbarmungslos in seine Knochen und der greise Pater glaubte sich schon fast von seinem Herrgott verlassen, als er ein Licht entdeckte!

Ein kleines, blaues, kreisrundes Licht, das nur wenige Meter von ihm entfernt im Schneegestöber leuchtete. Kam es aus einer Hütte?
Als der alte Mann erleichtert und Gott dankend darauf zu lief, bewegte es sich aber zu seiner Verwunderung wieder weg. Jedoch nur, um einige Meter entfernt im Schneetreiben erneut zu verharren! Was war das für ein sonderbares Licht? Wollte es ihn führen?
Nun waren dem alten Pater in seinem langen Leben schon viele wunderliche Dinge widerfahren und so dachte er nicht weiter darüber nach, sondern folgte dem blauen Licht durch die Nacht. Und das Licht führte ihn durch Nebel und Schnee auf die Anhöhe, wo sich die Willibaldskapelle über dem Dorf erhob.
Oben angekommen, traute Dominikus seinen Augen kaum: Das Schneetreiben hatte nachgelassen, und während das Dorf unterhalb der Anhöhe im dichten Nebel lag, war die Luft hier oben glasklar. Die tief verschneiten Büsche und mächtigen Lindenbäume, die die Kapelle umgaben, waren mit einer dicken, glitzernden Schicht Eiskristalle überzogen und über all dieser Pracht funkelten die Sterne am Himmel.

Der alte Mann war vom Zauber dieses Ortes tief berührt. Tränen traten ihm in die Augen und er sprach ein Dankgebet zum Himmel, während sich das blaue Licht für einen kurzen Augenblick auf ihn niederließ. Da durchdrang Dominikus eine wohlige Wärme und plötzlich fühlte er sich jung und voller Kraft.

Trotz der eisigen Kälte und der vielen Wegstunden, die zwischen Finning und seinem Kloster lagen, beschloss er, sich auf den Weg zu machen. Er erreichte sein Ziel, kurz bevor die Sonne aufging, und noch viele Jahre danach sprach man dort von dem geheimnisvollen blauen Licht und dem Wunder, das Dominikus in jener Nacht widerfahren war.

Still in sich versunken sitzt der Goggolori immer noch auf dem Baumstamm und nur langsam löst er sich aus der Erinnerung an jene Zeit.
Inzwischen hat es zu schneien begonnen und der Erdgeist ist über und über mit Schnee bedeckt. Er springt auf und klopft ihn vom Mantel, dann macht er sich auf den Weg zurück zu seiner Höhle.

Wenige Tage darauf – an einem eiskalten Januartag – geschieht das Unfassbare: Die Unterirdischen hören zu singen auf. Sie, die stets, bei Tag und Nacht, seit Beginn der Welt gesungen haben, singen nicht mehr! Zeipoth erstarrt, große Furcht erfasst sie, und auch dem Goggolori steht das Entsetzen ins Gesicht geschrieben, als er bei seiner Heimkehr am Abend die Stille bemerkt.
„Die Unterirdischen!“, ruft er. „Seit wann schweigen sie?“
Zeipoth schüttelt den Kopf. „Ich weiß es nicht“, flüstert sie, „ich weiß es nicht. Ihr Singen war schon seit einigen Stunden nur noch ein kaum hörbares Flüstern und dann, plötzlich, konnte ich sie gar nicht mehr hören.“ In ihrem Blick liegt blankes Entsetzen. „Was ist geschehen?“
Tief senkt der Goggolori seinen Kopf. Langsam nimmt er den Hut ab und lässt ihn zu Boden fallen. „Es gibt keinen Menschen mehr, der an mich glaubt“, erklärt er leise.
Zeipoth beginnt am ganzen Leib zu zittern. „Aber das kann nicht sein!“, ruft sie. „Irgendjemand .... irgendwo ....“-
„Ach Zeipoth“, unterbricht sie der Erdgeist, „es ist vorbei.“
„Schweigen die Unterirdischen deshalb?“
„Ja, sie trauern. Sie betrauern mein Ende und sie betrauern, dass der Wald bald ohne jeden Zauber und seelenlos sein wird.“

So vergehen die Wochen.

Vom frühen Morgen bis zur Abenddämmerung spinnt Zeipoth Mondlicht und sie weiß, dass sie ohne das gleichmäßige Surren der Spindel – das einzige Geräusch, das ihre Tage begleitet – sicherlich verrückt werden würde. Wie sehr sie unter der Stille leidet! Erst jetzt begreift sie, wie hilfreich die Unterirdischen in all der Zeit für sie waren. Ihr stetiger Gesang gab ihr das Gefühl, nicht allein zu sein. Sicher, geborgen und geliebt hat sie sich an jedem Tag, zu jeder Stunde, in der Höhle gefühlt.

Jeden Tag erkundigt sich der Goggolori nach Zeipoths Befinden und mit großer Sorge bemerkt er den Kummer in ihren Augen. Doch die Alte lächelt nur und meint: „Es geht mir gut, Goggolori."

Aber auch Zeipoth entgeht nicht, wie der Erdgeist Tag für Tag gebrechlicher und sein Blick immer trüber wird. Im Stillen macht sie sich große Sorgen.

Was wird aus dem Wald, aus den Tieren und Pflanzen ohne den Goggolori? Was wird aus ihr werden? Ein dunkler Schatten legt sich über das Gesicht der alten Frau. Wie soll sie hier leben ohne ihren Freund und ohne den tröstlichen Gesang der Unterirdischen?

Alpträume plagen Zeipoth. Nacht für Nacht quälen sie die Bilder aus der Vergangenheit. Verstört und schweißgebadet erwacht sie nun jeden Morgen.

Geht das nun immer so weiter?, fragt sie sich verzweifelt. Werde ich nun bis ans Ende aller Tage von Alpträumen und quälenden Erinnerungen heimgesucht werden?

Der Winter geht vorüber, doch auch der Frühling bringt keine Besserung: Unaufhaltsam und stetig dringt das Vergessen in den Wald, raubt ihm seinen Zauber und schwächt den Erdgeist immer mehr.
Die Tiere, die ihn auf seinen Rundgängen begleiten, beobachten mit großer Besorgnis die Veränderungen, die mit ihm vor sich gehen. Der braune Wollstoff seines Mantels wird rissig und überall entstehen kleine Löcher. Tag für Tag bereitet es ihm mehr Mühe, durch den Wald zu gehen, und immer öfter muss er rasten.

Eines frühen Morgens ist es dann so weit:
Wie schon oft zuvor beobachtet der Goggolori den Aufgang der Sonne. In weißen Schleiern steigt der Morgennebel in den Himmel und von fern ruft ein Kuckuck.
Der Erdgeist spürt, dass es zu Ende geht.
Traurig blickt er sich um. „Was wird nur aus dir, mein Wald?“, flüstert er und fasst sich ans Herz.
Mit einem lauten, klagenden Ruf erhebt sich ein Graureiher über der Windach. Majestätisch, mit weit ausgebreiteten Schwingen, gleitet er über den Wald. Der Goggolori blickt ihm wehmütig nach, bis er hinter den Baumwipfeln verschwunden ist.
„Auch dich werde ich vermissen ....“ Seine Stimme bricht und ein Zittern erschüttert seinen winzigen Körper.
Vergessen! Alle haben ihn vergessen!

Als er kurz darauf vor dem Eingang zu seiner Höhle steht, fährt ihm abermals ein großer Schmerz in die Brust. Zeipoth!, schießt es durch seinen Kopf. Jetzt muss ich sie ihrem Schicksal allein überlassen. „Es tut mir so leid ....“, flüstert er.
Dann blickt er sich ein letztes Mal um und seine Augen wandern langsam von Baum zu Baum, erblicken einen jungen Fuchs, der neugierig

hinter einem Busch hervorlugt, und ein Eichhörnchen, das von einem Ast zum anderen springt.
Müde lächelnd verwandelt der Goggolori sich ein letztes Mal, dann verschwindet er in einer Erdspalte.

Zeipoth springt sofort auf, als sie die Eidechse auf dem welken Moos sieht. „Goggolori? Du bist schon wieder da?“, fragt sie besorgt, denn es ist das erste Mal, dass der Erdgeist so früh am Tage zurückkehrt.
Als der Gefährte seine wahre Gestalt wieder angenommen hat, erkennt Zeipoth mit einem Blick, dass das Ende gekommen ist. Tief gebeugt steht der Goggolori vor ihr. Sein Mantel ist kaum mehr als ein Fetzen Stoff und die Hahnenfeder, die Feder, die stets in all den Jahren auf seinem Hut steckte und bei jedem seiner Schritte fröhlich auf und ab wippte, ist fort.
„Es ist so weit“, erklärt der Goggolori so leise, dass ihn die Uralte nur mit Mühe versteht. „Ich bin so müde ....“ Er hält einen Augenblick inne. „Wirst du ohne mich zurechtkommen?“
Zeipoth nickt. Sie hat sich schon lange auf diesen Augenblick vorbereitet. Ohne irgendeine äußere Gefühlsregung deutet sie auf den Korb zu ihren Füßen. „Ich werde das Mondlicht verspinnen, das verblieben ist, und über deinen Schlaf wachen.“ Sie versucht zu lächeln. „Um mich brauchst du dich nicht zu sorgen.“
Der Erdgeist nickt seiner Gefährtin dankbar zu. Dann öffnet er den Mund und hebt leicht den Arm, so, als wolle er noch etwas sagen, doch er ist zu erschöpft. So schlurft er nur langsam über den welken, braunen Moosteppich, lässt sich auf seiner Lagerstatt nieder und fällt nur wenige Augenblicke später in einen tiefen Schlaf.

Zeipoth, die uralte Tochter des Webermeisters Irwing, spinnt eine Weile das verbliebene Mondlicht, dann begibt auch sie sich zu ihrem Lager. Eine lange und einsame Zeit steht ihr bevor. Eine halbe Ewigkeit. Vielleicht auch länger. Zeipoth weiß es nicht.

Ein letztes Mal blickt sie zu den Lichtern in den Höhlenwänden, die hell und warm leuchten. So hell und warm wie der sonnige Frühlingstag, der an diesem Morgen angebrochen ist.

Im Wald zwitschern die Vögel und die ersten Schmetterlinge flattern fröhlich über die Wiesen.

In der Erdhöhle aber ist es kalt und totenstill.

Zeipoth betrachtet eine Weile den Erdgeist, der neben ihr auf einem kleinen Strohlager liegt und ruhig atmend schläft.

Dann schließt auch sie ihre Augen und tiefe Dunkelheit erfasst sie.

Wer vermag mit Bestimmtheit zu sagen, was das Vergessen schließlich doch noch aufgehalten hat? Vielleicht war es wie in jenem Traum? Eines Nachts träumte Zeipoth von einem Mädchen. Es stand vor dem Erdwall der Fliehburg und hielt eine lange, grüne Hahnenfeder in seinen Händen.

Eine Weile stand es regungslos da, dann kniete es sich nieder, schob die Blätter eines Farnes beiseite und legte die Hahnenfeder in eine Erdspalte, die dahinter, am Fuße des Erdwalls, sichtbar wurde.

„Das ist für dich“, flüsterte es, ehe es sich wieder erhob und seinen Blick über den Erdwall hinweg durch den Wald wandern ließ, so, als erwarte es etwas. Schließlich blickte es wieder zu der Hahnenfeder, dann drehte es sich um und lief, so schnell es nur konnte, fort.

Nur wenige Minuten danach geschah Sonderbares:

Die Feder begann sich langsam zu bewegen! Etwas zog sie in das Innere der Erdhöhle, bis sie darin verschwunden war.

Und kurz darauf erhob sich aus der Spalte ein Flüstern, ein verhaltenes Summen, ein geheimnisvolles Raunen und Wispern, das zu einem Lied anschwoll, ja, zu einem Jubelgesang:

„Es lebe der Goggolori! Es lebe der Goggolori!“

Berauscht von Lebenslust und Glück begann mit einem Mal die Natur zu pulsieren: Ungestüm und wild. Geheimnisvoll und unergründlich. Übermütig und stark. Bezaubernd und zart. Unerbittlich und streng.

„Es lebe der Goggolori!“, stimmte der Wald und alles Leben, das in ihm war, in den Gesang der Unterirdischen ein. „Es lebe der Goggolori!“

Epilog

War Zeipoths Traum eine Prophezeihung? Rettete tatsächlich das unbekannte Mädchen den Goggolori? Die Antworten auf diese Fragen werden ein Geheimnis bleiben. Das Vergessen jedoch wurde aufgehalten und seitdem kann man wieder, wie schon Jahrhunderte zuvor, die Spuren des uralten Erdgeistes im Wald entdecken. Und überall dort, wo er sie hinterlässt, liegt für einige Zeit ein geheimnisvoller Zauber über dem Wald. Ein Zauber, der jedes Wesen mit einem tiefen Gefühl der Zufriedenheit und des Glücks erfüllt.

Zeipoth, seine Gefährtin, sitzt wie eh und je in der unterirdischen Höhle. Sie hadert nicht mit ihrem Schicksal. Sie ist glücklich und zufrieden. Darauf vertrauend, dass sie am Jüngsten Tag Erlösung finden wird, spinnt sie tagein, tagaus und lauscht den wispernden und flüsternden Stimmen der Unterirdischen, während sie auf die tägliche Rückkehr des Goggolori wartet.
Aus dem Mondlicht, das sie zu feinen, glänzenden Fäden verspinnt, weben die Unterirdischen jeden Tag aufs Neue den Nachthimmel, den Kronschleier der Großen Spinnerin.[5]
Die Fäden, die Zeipoth während eines Tages fertigt, legt der Goggolori in der Nacht auf die Brombeerranken im Wald, damit die Morgensonne sie noch ein wenig bleichen und ihnen den Glanz der Sonne verleihen kann. An den hauchzarten Fäden reihen sich morgens die Tautropfen wie die Perlen an einer Kette.
Menschen, die sie auf den Sträuchern entdecken, halten sie für gewöhnliche Spinnennetze. In Wahrheit aber sind sie Zeipoths fein versponnenes Mondlicht.

---

5 Die Große Spinnerin meint die heidnische Sagengestalt Berchta. Sie ist eine Göttin/Fee und trägt einen dunklen, glitzernden Schleier – den Nachthimmel –, der von den Unterirdischen jeden Tag aufs Neue aus Mondlicht und Sonnentau gewoben wird.

Dank

Das Wissen um den Goggolori verdanke ich den Finningern, ganz besonders aber Otto Reuther, der die Legende über den Erdgeist in dem Buch „Der Goggolore“ im Jahre 1935 beschrieben hat, und das leider nur noch im Antiquariat erhältlich ist. Mein Dank gilt an dieser Stelle der Erbengemeinschaft Reuther, die, vertreten durch Herrn Willi Reuther, damit einverstanden war, dass ich Teile aus dem Werk Otto Reuthers übernommen habe, wie die Fußnoten und die Lieder, die der Goggolori den Finningern singt, um sie vor den heranrückenden Schweden zu warnen.
Wer mehr Geschichten über den Goggolori und Ausführliches über das damalige bäuerliche Leben und Brauchtum erfahren möchte, dem lege ich das Buch Otto Reuthers sehr ans Herz.

Sehr hilfreich für die Entstehung dieses Buches war das Heimatbuch von Christian Riedl, das nach wie vor in der Gemeinde erworben werden kann. Es lieferte mir nützliche Daten über Finnings Geschichte, Brauchtum und geografische Lage. Ein großer Dank geht an Familie Imhof/Sedlmayr, die Zeichnerin Leontine Schmidt, die Lektorin Kristina Rundt, meinen Verleger Josef Bauer und sein Team für ihre große Freundlichkeit und Begeisterung.
Dank auch allen Lesern und Leserinnen meines Manuskripts: meiner Schwester Beate Leitner, meiner Tochter Sophie, Margret Madelung, Claudia Francke, Michael und Momo Fuchs, Katharina Martyson und Stephan Eppinger sowie Sibylle Reiter, die für ihr Nachwort unglaublich viele Details über den Goggolori herausgefunden hat.
Meiner Mutter schicke ich meinen Dank in den Himmel. Ohne sie wäre dieses Buch nie entstanden.

Der Goggolori – Eine Spurensuche

Ein Nachwort von Sibylle Reiter

Der Goggolori – eine Spurensuche von Bayern bis Japan

Ist er noch da? Oder hat's ihn nie gegeben? Hat ihn je einer gesehen? Es geht um den Goggolori, den bayerischen Waldschrat[1] oder Naturgeist, der auch als Erdmännchen, Hutzelmännchen oder Kobold bezeichnet wird. Der Name Goggolori oder Goggolore[2] ist in verschiedenen mundartlichen Färbungen überall in Süddeutschland, aber auch in Österreich und in der Schweiz zu hören. Der Name taucht immer wieder auf, insbesondere in der Gegend zwischen Ammersee und Lech.

Wer war, wer ist der Goggolori?

Nach allem, was man weiß, war der Goggolori ein Hutzelmännchen, „ein Erdmandl" von guter Gesinnung, das den kleinen Leuten zu Gerechtigkeit verhalf. Der Goggolori stellte alles an, was man sich nur vorstellen konnte: Er „seichte" dem Hochzeiter in die Stiefel oder in den Hut, schnappte der Bäuerin den Teig weg und soll auch in ein Butterfass „geschissen" haben. Aber er zeigte sich auch hilfreich: Er half beim Flachsspinnen und Weben oder brachte Kupferkannen zum Glänzen. Er beseitigte Unrecht, deckte Unmoral auf, stellte Geizige bloß, entlarvte betrügerische Händler. „Er besitzt Zauberkraft und kann sich in jede beliebige Gestalt verwandeln. Allerdings benutzt er seine Zauberkräfte nicht, um Unheil und Schaden unter die Menschen

1 Schrat oder seltener auch Schratt, lt. Duden 24. Aufl.

2 Goggolori, Goggolore, Gugaleri, Gogolori; österreichisch auch Goggalori, schweizerisch Gaggalari. Der Autor Otto Reuther verwendete für sein Werk die Schreibweise „Goggolore", Michael Ende „Goggolori". Meist wird die Form mit „i" verwendet, weshalb dies auch in diesem Text geschieht.

zu bringen."[3] Der Goggolori überschreitet Grenzen, stellt aber nichts Böses an. Trotzdem hatten und haben die Menschen auch heute noch Respekt vor ihm.
Der Sage nach lebte der Erdgeist in der von Schlehen umwachsenen Fliehburg zwischen Finning und Windach. Er galt und gilt auch als der Hüter des Waldes. Vielleicht wohnt er noch heute dort?

Das Dialektwort „Goggolori"

Im Geleitwort zu seinem Buch „Der Goggolore" schreibt Otto Reuther, das Wort „Goggolore" sei ein „vom Bodensee bis Berchtesgaden bekannter Ausdruck",[4] und ergänzt: „Immer bezeichnet das Wort einen unberechenbaren, sprunghaften, aber lustigen und gutartigen Burschen, auf den koa Verlaß net is, dem wo ma aber net unguat sei ko."
„Die Geschichte vom Goggolori ist eine alte bayerische Sage, die sich bis in die Frühzeit zurückverfolgen lässt."[5] Laut Dietz-Rüdiger Moser existierte der Name „Goggolori" in Varianten bereits im Althochdeutschen („gouggolon"), zurückgehend auf das Lateinische „cucullus" = Kapuze. Mittelhochdeutsch hieß es auch „gugele oder gugel".

Reuther weist auf die doppelte Bedeutung von „Cucullus" hin: 1. Kuckuck, Gauch und 2. Träger einer Kukulle (weiter Mantel mit Kapuze). Die Benediktiner tragen noch heute eine Kukulle als liturgisches Gewand. Mittelalterlicher Wortwitz habe den Doppelsinn gern und häufig herangezogen: „Was a richtiga Goggolori is, der steckt

3 Hofmann: 18.
4 Darüber hinaus auch in Österreich („Goggalori"): 1973 wurde auf der Burgruine Jagdberg in Schlins (Vorarlberg) das Singspiel „Goggalori" von Otto Amann aufgeführt. Es trug den Untertitel „Ein Singspiel von Angst und Übermut im alten Vorarlberg" und handelt von einem Sagenzyklus, der jedoch nicht die Geschichten Reuthers zum Inhalt hat.
5 Moser: 2-5.

si a Gocklfeda aufn Huat."[6] „Kokolores" bzw. „Goggolores" bedeutet Unfug und den hat der Goggolori bekanntlich gern angestellt.

In Österreich wird ebenso das Wort „Goggalori" verwendet, in der Schweiz „Gaggalari".[7] Laut Reuther kann der Goggolori auch auf eine Herkunft „aus höchster Götterwelt des keltischen Himmels zurückblicken", wo er, „der genius cucullatus für den Fortbestand der Familien, vor allem des hohen Adels, zuständig war".[8] Komponist Wilfried Hiller: „Der Goggolori ist ein uralter keltischer Fruchtbarkeitsgott, der auch in unserer Region heimisch wurde. Zur Bedeckung seines übergroßen Phallus wurde ihm ein Mäntelchen umgehängt, er hatte Fledermausohren und eine Kapuze. In Bozen befindet sich ein gotischer Altar, wo Bauern quasi durch die beiden Heiligen Cosmas und Damian hindurch zum Goggolori beten. Die Goggolori-Figur wird immer wieder von abergläubischen Frauen gestohlen."[9]

Kapuzenmännlein gab es bereits seit der Antike, das zeigen frühe Funde des griechischen Telesphoros, der ein quasi kultiviertes Abbild des Genius cucullatus darstellt.[10] In Verbindung mit dem griechischen Gott der Heilkunst Asklepios und seiner Tochter Hygieia (Göttin der Gesundheit) erscheint ab 100 n. Chr. auf Weihebildern ein junger Knabe mit Kapuzenmantel.[11] Auf einer Münze aus dem 12. Jahrhundert ist als Münchner Wahrzeichen ebenfalls ein Hutzelmännchen mit Kapuze bzw. als zwergenhafter Kapuzinermönch zu sehen. Seit dem 16. Jahrhundert

6 Reuther: 119.
7 „Gaggalari isch die schwiizerdütschi übersetzig vo Kokolores". (http://als.wikipedia.org/wiki/Wort:Gaggalari).
8 Reuther: 119.
9 Persönliches Gespräch mit Wilfried Hiller im Juli 2013. Alle weiteren Zitate von Wilfried Hiller in diesem Buch entstammen persönlichen Gesprächen mit Wilfried Hiller im Juli und August 2013
10 Wede: 75 ff.
11 Wede: 88.

wurde das Stadtwappen von verschiedenen Künstlern (inoffiziell) verändert und anders dargestellt. Dabei wurde der Mönch immer mehr verkindlicht und letztlich wurde in den 1920er Jahren aus einem Jungen ein Mädchen, das Münchner Kindl.[12] Die Genii cucullati könnten in den volkstümlichen Vorstellungen von zwergenhaften zipfelmützigen Dämonen und Helferlein weiterleben - letztlich vielleicht verkörpert in den Gartenzwergen.[13] Im Programmheft der Oberland Bühne wird der Goggolori als „der Bringer des Schlafs und der Ahnherr unseres Sandmännchens“ bezeichnet.[14]

Es gibt also zahlreiche Deutungen. Vielleicht sollte man sich an die Experten der Kommission für Mundartforschung halten: „Die Deutungen des Wortes Goggolori sind so bunt wie die Streiche der Figur. Die einen denken an lateinische, die anderen an keltische Abkunft. Wahrscheinlich allerdings ist der Spottname Goggolori einfach eine scherzhafte Weiterbildung zu einer Mundartform des schriftdeutschen Wortes Gaukler, eines Wortes, das schon in althochdeutscher Zeit bezeugt ist, dessen Herkunft letztlich aber unklar ist.“[15]

---

12 http://de.wikipedia.org/wiki/Muenchner_Kindl.

13 http://de.wikipedia.org/wiki/Genius_cucullatus.

14 Programmheft Der Goggolori. Oberland Bühne 1994/95: 3).

15 Goggolori 1-1997/98: 1.

Otto Reuther und sein „Goggolore“

Der Goggolori kommt in verschiedenen Erzählungen und Musikstücken vor. Als Erstes ist hier das Buch von Otto Reuther, „Der Goggolore“, zu erwähnen.

Prof. Dr. phil. Otto Reuther (1890–1973) wurde in Achselschwang am Ammersee in der Nähe von Finning geboren. Er wuchs auf dem dortigen Staatsgestüt Achselschwang auf, wo sein Vater Gutsverwalter war. Reuther studierte Staatswissenschaften in München, Heidelberg und Cambridge. Später war er als Hochschullehrer in München tätig. Der heimischen Mundart und dem bäuerlichen Brauchtum blieb er stets eng verbunden.

Drei alte Bäuerinnen hatten ihm und seinen Geschwistern in der Kindheit verschiedene Geschichten vom Goggolori erzählt, an die sich Reuther immer wieder gern erinnerte: die Schnurr-Resl aus Utting am Ammersee, die Gertraud Klas (Bürgermeisterin von Hechenwang) und die Pumpauf-Kathl, „eine Finningerin, die lange Zeit in Utting wohnte und ihr Leben lang Heubinderin im Stammgestüt Achselschwang war, dem Paradies meiner Jugend“.[16]

Mit Ausbruch des Ersten Weltkriegs mussten die drei Reuther-Brüder ins Feld. Über die Feldpost blieben sie in Verbindung. Einer der Brüder litt

16 Reuther: 6.

besonders: „Dunkle Vorahnungen begannen ihn zu bedrücken (...) und machten sein Dasein als Pionieroffizier im Graben zur Qual. Ich sann und überlegte, wie ich ihm helfen könnte. In einer glücklichen Stunde kam mir der Gedanke, den Goggolore zu beschwören, und mit ihm allen Segen und alle Kraft unserer Heimat, unserer Kindheit."[17] Von da an schrieb Otto Reuther nachts die Geschichten nieder, um sie dem Bruder zu schicken. Sie gaben diesem noch einmal Kraft und Willen zum Leben. So ist das Buch vom „Goggolore" entstanden.
In seinem 1935 veröffentlichten Buch „Der Goggolore" erzählt Otto Reuther 17 Geschichten über das liebenswerte „Erdmandl", das den ganzen See entlang seinen Schabernack getrieben hat mit Mensch und Tier. „Am liebsten war er in Finning."[18] Die erste dieser Geschichten heißt „Wie der Goggolore nach Finning kam", die letzte „Wie der Goggolore in den Berg zog und nimmermehr gesehen ward". Um den „seltsamen bäuerlichen Reiz" der Geschichten nicht zu beeinträchtigen, schrieb Reuther „manche Teile wortwörtlich im Dialekt".[19]

Carl Orff und Astutuli

Auch Carl Orff (1895–1982), der ab 1954 in Dießen am Ammersee lebte, kannte die Geschichte über den Goggolori. In seiner Autobiographie berichtet er, die Sage als Kind von einer Amme gehört zu haben.[20] Er baute den Goggolori in sein Werk Astutuli ein. Astutuli kommt aus dem Lateinischen (astutus = schlau, listig, gerissen). Man könnte „Astutuli" mit „Schlaubergerchen" übersetzen. Die Komödie handelt

17 Reuther: 11.
18 Reuther: 12.
19 Hofmann: 5.
20 Goggolori 1-1997/98: 1; sowie Carl Orff bei einer Lesung von „Astutuli" im Bayerischen Rundfunk am 9. Februar 1965: „Der Goggolori, das ist ein kleiner Wichtelmann, ein boshafter oder auch gutgesinnter, handgroß, der allerhand Unfug treibt. Er ist zu Hause in der Landschaft zwischen Ammersee und Lech, wo auch heute noch manche Kobolde ihren Unfug treiben."

von vermeintlich Schlauen, die Opfer eines Betrügers werden. In ihrer Gier verlieren die Betroffenen am Ende alles. Der Goggolori ist hier ein Kobold, dessen Anwesenheit der Gagler (der Betrüger) den Schlaubergern vortäuscht. In einer kleinen Stadt hat ein reisender Gagler (Gaukler) eine Theateraufführung angekündigt, und alle Bürger kommen neugierig, um das Spektakel nicht zu verpassen. Der Gagler beschwört zunächst den Onuphri (einen byzantinischen Riesen) und danach den Goggolori so lebhaft herauf, dass alle Zuschauer von deren Anwesenheit überzeugt sind, obwohl sie tatsächlich überhaupt nichts sehen können. So darauf vorbereitet, erleben die Zuschauer staunend die Vision des „kokanischen“ Landes, das ein Leben in Fülle und ohne Arbeit verspricht.

„Astutuli“ entstand in den Jahren 1947 bis 1949 und wurde am 20. Oktober 1953 in den Münchener Kammerspielen uraufgeführt.[21]

Der Goggolori von Michael Ende und Wilfried Hiller

Der in Garmisch-Partenkirchen geborene Schriftsteller Michael Ende (1929-1995) erzählte in den 1980er Jahren die Geschichte vom Waldschrat Goggolori neu. Dabei verwendete er verschiedene Motive Reuthers, entwickelte aber eine eigene „bairische Mär“ und schrieb das Libretto für die bairische Oper „Der Goggolori“, zu der der Komponist Wilfried Hiller, Schüler Carl Orffs, die Musik schrieb.

21 Astutuli. Programmheft der Uraufführung 1953.

Michael Ende und Wilfried Hiller (geboren 1941 in Weißenhorn) lernten sich 1978 in der Villa Massimo in Rom kennen. Beide arbeiteten fortan zusammen, zunächst entstanden vier Fabeln für Kinder und „Der Trödelmarkt der Träume". Im April 1982 bekam Hiller einen Anruf vom Generalintendanten der Bayerischen Staatstheater, August Everding. Everding suchte eine Oper für die ganze Familie und wollte Hiller und Ende damit beauftragen. Mit Everding vereinbarten sie, innerhalb von drei Monaten einen geeigneten Stoff zu finden.

„Der Maler und Illustrator Reinhard Michl hat Michael Ende vom Goggolori erzählt", erinnert sich Wilfried Hiller. Reinhard Michl sollte damals eine Neuauflage des Reuther-Buches für den Parabel Verlag illustrieren, der Verlag hat das Projekt dann aber wieder verworfen.[22] Michael Ende und Wilfried Hiller schauten sich die Empfehlung von Reinhard Michl an und waren schnell sicher, dass der Goggolori-Stoff für die geplante Oper geeignet ist. Von nun an beschäftigten sich Hiller und Ende intensiv mit der Geschichte des Goggolori.[23]
Wilfried Hiller suchte unterdessen nach alten Liedern und Tänzen, passend zum Thema, etwa „Es tanzt ein Biba-Butzemann", „S'bunkad Mandl" oder „Will ich in mein Gärtlein gehen".

So stellt sich der Goggolori bei Michael Ende selbst vor: „Da Goggolori bin-i / 's Eadmandl, da wuide Schratt / ibas kloa Foik da Kini / iba ois was lebt und webt / iba ois was singt und schwingt / unta Schdrauch und Blatt."

---

22 Persönliches Gespräch mit Reinhard Michl am 13. August 2013.

23 Die Idee einer Goggolori-Oper entstand bereits 1938, als der Komponist Cesar Bresgen Otto Reuther und sein Buch „Der Goggolore" kennenlernte. Beide begannen mit dem Textbuch für eine Oper. Zur Ausarbeitung der Partitur kam es jedoch nicht, obwohl Carl Orff, der Bresgens kompositorische Skizzen offensichtlich kannte, jahrelang mahnte, die Oper fertigzustellen. Obwohl Bresgen und Reuther bei anderen Projekten gut zusammenarbeiteten, scheiterte ein weiterer Versuch 1945. Nach Reuthers Tod 1973 versuchte sich Bresgen allein an dem Projekt, doch er gab es 1976 auf (Wede: 228 ff.).

Die bairischste aller Opern – Spurensuche in Finning

Die Ideen zur Musik fand Wilfried Hiller teilweise auch vor Ort: Mit seiner Frau Elisabet Hiller-Woska und seinem Sohn Amadeus fuhr er mehrfach zu den „Originalschauplätzen" nach Finning, wohnte dort im Gasthaus Staudenwirt und befragte die Dorfbewohner. Manche wollten gar keine Auskunft geben, andere wussten viele Anekdoten rund um den Goggolori zu erzählen. So lernte Wilfried Hiller die Familie Ferstl-Imhof kennen. Es entstand ein enger Kontakt, die Familie zeigte Wilfried Hiller die Schauplätze.

Annemarie Imhofs Onkel Franz Halser, dessen Vater die Gastwirtschaft im Staatsgut Achselschwang geführt hatte und der dort auch aufwuchs, hat Otto Reuther noch persönlich gekannt. Auch die Geschichten von der Pumpauf-Kathl, der Schnurr-Resl und der Bürgermeisterin Klas kannte er, ebenso die Geschichten der Scheiferle Mari. „Die Scheiferle Mari aus Unterfinning hab ich auch noch gekannt, sie wusste auch viel über den Goggolori zu erzählen", erinnert sich Annemarie Imhof.
Für Wilfried Hiller waren die Aufenthalte in Finning sehr inspirierend. „Es war sehr schön in Finning", erinnert er sich. Gabriele, die Tochter der Familie Imhof, und Hillers Sohn Amadeus freundeten sich an und verbrachten viel Zeit miteinander. „Die Gabriele war beim Komponieren mein Vorbild für Zeipoth", erzählt Wilfried Hiller.

Inspirieren ließ sich Hiller bei der Komposition auch von Roberto de Simones „La Gatta Cenerentola", einer Oper, die ihn auch aufgrund ihres neapolitanischen Temperaments faszinierte.

Die Partitur des „Goggolori" eignete Hiller seinen beiden Kompositionslehrern Günter Bialas und Carl Orff zu. Bialas hatte ihn während des Studiums mit dem Volkslied vertraut gemacht und Orff hatte ihm die Musikalität der bairischen Sprache vermittelt. Eben weil das Bairische von so hoher Musikalität ist, wird in der Oper „Goggolori" nicht nur gesungen, sondern auch viel gesprochen. Seine und Michael Endes Theorie sei es gewesen, zuerst zu reden. „Und erst, wenn beim Reden eine ganz besondere Stimmung erzeugt ist, setzt der Gesang ein", sagt Wilfried Hiller. So ist die ganze Oper aufgebaut.

Eine wichtige Rolle spielte auch das japanische Kabuki-Theater – ein stilisiertes Musiktheater, bei dem szenische und musikalische Vorgänge oft nur angedeutet werden. Ein bestimmter Trommelwirbel drückt zum Beispiel aus, dass es regnet. Sowohl Michael Ende als auch Wilfried Hiller waren von diesem „Theater des Volkes" angetan. Hiller setzte daher im Goggolori auch Klangzeichen im Sinne des Kabuki für bestimmte Situationen oder Zeiten ein: Waldhörner deuten mit einer Jagdfanfare den Herbst an, Kirchenglocken einen Feiertag. Hiller verwendete auch japanische Schlaginstrumente wie Hyoshigi und Bin Sasara. Kennzeichen des Kabuki ist auch ein feststehendes, nicht wechselndes Bühnenbild. So ist beim „Goggolori" während des ganzen Stücks die Kulisse von Finning zu sehen. Die Musiker tragen „Kostüme" (Trachtenanzüge) und werden bei bestimmten Szenen ins Spiel miteinbezogen – ebenfalls ein Kennzeichen des Kabuki-Theaters. Und schließlich werden im Kabuki Frauenrollen auch von Männern gespielt, daher war im Goggolori von Hiller/Ende die Rolle der Ullerin mit einem Mann besetzt. Es spielt und singt ein Mann mit hohem Bass (Falsett), weil dies bösartiger klingt und besser

Zeichnung aus dem Programmheft des Staatstheaters am Gärtnerplatz

zur Rolle passt. Aus diesen Gründen bezeichnete Michael Ende den „Goggolori“ auch als „bairisches Kabuki-Stück“.[24]

„Der Goggolori. Eine bairische Mär mit Musik“ wurde am 3. Februar 1985 im Staatstheater am Gärtnerplatz unter der Regie von Friedrich Meyer-Oertel in München uraufgeführt.[25] Sechs Vorstellungen waren geplant. Aber dann war „Der Goggolori“ mit über 150 Vorstellungen eine der meistgespielten deutschsprachigen Opern nach dem Zweiten Weltkrieg, die zehn Jahre lang mit anhaltendem Erfolg auf dem Spielplan am Gärtnerplatz stand.[26]

Der Inhalt der Geschichten

Otto Reuthers und Michael Endes Werke über den Goggolori unterscheiden sich in vielen Punkten. Unter anderem verkürzte Michael Ende die zwanzig Kapitel Reuthers auf acht Bilder. Um nur einige zu nennen: Bei Otto Reuther macht der Goggolori das ganze Dorf unsicher, bei Michael Ende treibt er seinen Schabernack vor allem beim Weberbauern. Bei Ende gibt es einen Pakt zwischen Zeipoths Eltern und dem Goggolori, dieser kommt bei Reuther nicht vor. Ein wesentlicher Unterschied besteht auch darin, dass Ende gezielt für die Oper schrieb und Freiraum für die Musik und die Schauspieler schuf, während Reuther einzelne Geschichten aufschrieb. In der Bühnenfassung schenkt Zeipoth dem Goggolori ihren Tod, damit er sterben kann, bei Reuther endet die Geschichte anders: Zeipoth, Aberwin und der Goggolori gehen in den Burgberg und werden nie mehr gesehen.
In den 1980er Jahren gab es einen Rechtsstreit zwischen den Erben Otto Reuthers und Michael Ende. Die Erben hatten argumentiert, Ende habe

24 Hofmann 11 f.
25 Dirigent: Tristan Schick; Kostüme: Lore Haas; Bühnenbild: Hans Schavernoch.
26 Grandjean-Gremminger: 135.

Reuthers Stoff plagiiert. Sie siegten in erster Instanz, in zweiter Instanz konnte Michael Ende jedoch nachweisen, dass er ein selbstständiges und eigenes Werk geschaffen hatte. Das Gericht gab letztlich Michael Ende Recht. Weil der Goggolori eine Sagengestalt sei, sei auch seine Verwendung durch Ende legal.
Sabine Maria Leitner lehnt sich in ihrer Neuauflage „Es lebe der Goggolori. Eine uralte Legende“ an Otto Reuther an.

Daher sei hier kurz auf die Version von Michael Ende eingegangen:
Die Geschichte spielt in Finning am Ammersee zur Zeit des Dreißigjährigen Kriegs (1618–1648). Dort lebt der Weber und Bauer Irwing mit Frau und Tochter Zeipoth. Sie sind angesehen und reich, aber erst, seit der Bauer einen Pakt mit dem Goggolori geschlossen hat. Der Goggolori, von Irwing um Hilfe angerufen, hatte diesem fruchtbare Felder, gute Ernte und gesundes Vieh versprochen. Aber er verlangte, dass er von allem Lebenden, was der Hof hervorbringe, „das Erste“ erhalten sollte - also auch das erste Kind der Webersleute: „fom Föid, wos de erschte Sansn schnaid / fom Bam de erschte Frucht, de raift / den erschtn Schluk fom naichn Bia / des erschte Junge fo jedn Tia / des erschte Garn, des wo d'Weberin schbinnt / und fom Ehelaga as erschte Kind. / Bua oda Madl, mia gherts gwis, / 's Madl, wanns-as erschtemoi Waib worn is / da Bua, wann da erschte Bartflaum schprost.“

Als Zeipoth, die Tochter Irwings, vierzehn Jahre alt ist, fordert der Goggolori sein Recht. Nun bereuen die Eltern den Pakt. Die Mutter setzt die Ullerin, „Seelnonn, Baderin und Hexe“, auf den Goggolori an, um ihn zu fangen und unschädlich zu machen. Doch dessen Kräfte - er kann sich in ganz unterschiedliche Gestalten (etwa Rabe, Hummel oder Soldat) verwandeln - sind stärker. Der „Einsiedel“, Vertreter des christlichen Glaubens, rät den Eltern, Zeipoth sofort mit Aberwin,[27] den sie liebt, zu verheiraten („gegas hailige Ehsakrament, do kimmda

27 Irdischer Gegenspieler des Goggolori.

er ned o'). Doch die Weberin fürchtet, dass der Goggolori zumindest mächtig genug ist, ihnen allen Reichtum wieder zu nehmen.
Ein letztes Mittel scheint es zu geben: Die Ullerin besitzt eine Phiole mit einem „Schdigl vom Mond". Wirft man die auf jemanden, „ob Mensch, ob Vieh, ob Schratt", erstarrt er auf der Stelle für immer. Doch trifft man nicht und zerbricht die Phiole, dann kommt der Schwarze Tod - die Pest. Die Weberin zahlt der Ullerin dreißig Silbertaler und nimmt das unheilvolle Risiko auf sich. Inzwischen ist der Goggolori vor Zeipoth erschienen. Um sie zu rügen, dass sie „seine" Schlehen pflückt. Zeipoth hat aber überhaupt keine Angst, sondern findet Gefallen an der sonderbaren Erscheinung, steckt den Goggolori in ihren Deckelkorb und nimmt ihn mit heim. Eines Abends versucht die Weberin, ihren Plan mit der Phiole auszuführen, doch Zeipoth fällt ihr in den Arm, die Phiole verfehlt den Goggolori und zerbricht. Krieg und Pest kommen über das Land. Die Weberin ist das erste Opfer des Schwarzen Todes. Der Goggolori nimmt sich die ihm versprochene Zeipoth, und am Ende ist sie es, die ihn von seinem Schicksal, nicht sterben zu können, erlöst: Weil er sie vor der Pest gerettet hat, schenkt sie ihm nun ihren Tod.

Der Goggolori auf der Bühne

Der „Goggolori" eroberte nach dem Gärtnerplatz andere Bühnen. Aufführungen gab es in Augsburg, Erlangen, Miesbach, Prien am Chiemsee, Bozen und Meran. Bei den Festspielen „Orff in Andechs" im Kloster Andechs stand der „Goggolori" unter der Regie von Hellmuth Matiasek mehrfach auf dem Programm.

Die Oberland Bühne Miesbach spielte in den Jahren 1994 und 1995 die Mundartoper in der Interpretation von Wilfried Hiller und Michael Ende unter der Regie von Martin Winklbauer ungefähr zwanzig Mal in

Der Goggolori in der Aufführung der Oberland Bühne 1995 in Finning (Foto: Oberland Bühne)

verschiedensten süddeutschen Orten von Bad Tölz bis Unterhaching.[28] Auch nach Finning kehrte der Goggolori zurück: Die Oberland Bühne spielte am 24. und 25. März 1995 in Finning, dem Heimatdorf des Waldschrats, vor einem begeisterten Publikum. „Wenn man mit den Leuten redet, hat man das Gefühl, dass der Goggolori lebt", sagte damals Intendant und Dirigent Rudolf Maier-Kleeblatt. Für ihn sei es etwas ganz Besonderes gewesen, am Ort des Geschehens zu spielen.[29]

Allerlei Prominenz war 1995 auch dabei, erinnert sich der damalige Erste Bürgermeister der Gemeinde Finning, Josef Degle: „Natürlich waren wir schon bei einer Aufführung am Gärtnerplatztheater gewesen, ein ganzer Bus aus Finning war kurz nach der Premiere hingefahren. Aber für die Gemeinde Finning war es sehr schön, etwa zehn Jahre später zwei Goggolori-Aufführungen direkt nach Finning holen zu können." Zwar sei die Bühne vom Platz her etwas begrenzt gewesen, es musste ein Bühnenanbau erfolgen, aber der Aufwand habe sich absolut gelohnt. „Die zwei Vorstellungen der Oberland Bühne waren völlig ausverkauft", erinnert sich Josef Degle, der alles, was an den Goggolori erinnert, in einem Ordner aufbewahrt hat.

Im Juni 2013 brachte die Waldbühne Halsbach in der Inszenierung von Martin Winklbauer unter dem Dirigat von Alois Rottenaicher den Goggolori dreimal auf die Bühne.

28 Programmheft der Oberland Bühne 1994/1995.
29 Steyer 1995.

Seit 2002 steht eine Figurentheater-Adaption der Originalproduktion auf dem Spielplan des Münchner Marionettentheaters, die von Siegfried Böhmke, dem Goggolori-Puppenführer der Uraufführung, künstlerisch verantwortet wird. Voraussichtlich 2014 wird der Goggolori dort wieder zu Ehren kommen.

Der Goggolori des Münchner Marionettentheaters

Der Goggolori in Finning und anderswo

Manch einer erinnert sich heute noch gern an den Goggolori, insbesondere in Finning, an den Schauplätzen der Geschichten Otto Reuthers: die Fliehburg im Wald zwischen Finning und Windach (Ausflüge der örtlichen Grundschulklassen zur Fliehburg stehen im Fach Heimatkunde auf dem Lehrplan), das Haus am Schönberg, wo Zeipoth[30] wohnte, das Haus der Ullerin, das Wirtshaus, das ehemalige Ellermoor, die Willibaldskapelle. Besucher können die „Originalschauplätze“ besuchen und die Wanderung auch nach Windach, Utting und Dießen ausdehnen.

Manche Bewohner von Finning denken noch oft an den Goggolori oder spüren sogar seinen Einfluss. Andere dagegen wollen gar nichts von ihm wissen und meinen, den Goggolori hat’s nie gegeben. Aber doch kennt fast jeder den Namen und viele wissen etwas dazu zu erzählen.
„Wenn der Wind im Kamin heulte, während das Fleisch dort zum Räuchern hing, sagte meine Mutter immer: ‚Jetzt schurt (tanzt) der Goggolori wieder auf dem Geräucherten herum‘“, erinnert sich

30 Auch Zeiboth oder Zeibot (Bote der Zeit), aus dem Keltischen.

Annemarie Imhof, die in Finning aufgewachsen ist. Der Goggolori war eigentlich immer dabei. Das Buch mit Otto Reuthers Geschichten wurde in der Familie immer wieder vorgelesen, und so machte es Annemarie Imhof auch mit ihrer Tochter Gabi. „Meine Oma und meine Mama haben mir immer aus dem Goggolori-Buch vorgelesen", sagt Gabi Imhof-Sedlmayr. „Ich liebe die Geschichten und habe sie auch meinem Sohn Daniel vorgelesen und ich hoffe, er wird sie mal an seine Kinder weitergeben."

In Finning mögen viele Leute die schmackhaften Goggolori-Birnen. Das sind kleine Birnen mit Punkten, die besonders süß schmecken. Denn die Bienen haben sie einst im Auftrag des Goggolori mit Honig „geimpft", um den hungernden und kranken Kindern zu helfen - damals, als die Schweden in Bayern einmarschiert waren und Pest und Hungersnot herrschten. So wird es in Finning noch heute erzählt. Von der Besonderheit dieser Birnen berichtete auch der in Achselschwang und Finning aufgewachsene Lehrer Franz Halser dem Bayerischen Fernsehen in einer Sondersendung zum Goggolori aus dem Jahr 1985. Die Goggolori-Birnen, im Garten der Familie Imhof steht noch ein Baum, eignen sich besonders gut für Kletzenbrot.

Den Einfluss des Waldschrats spürte auch ein Kamerateam des Bayerischen Fernsehens, das im Januar 2011 in Finning auf den Spuren des Goggolori unterwegs war. Das Team machte Station in der Finninger Galerie Goggolori, die dem Goldschmied Peter Michael Scholz gehört.[31] Scholz sagt, der Goggolori fühle sich in seiner Werkstatt besonders wohl, das spüre er ganz genau. Und auch schon bei einigen anderen Gelegenheiten sei der Einfluss des Goggolori zum Tragen gekommen. Es versteht sich von selbst, dass Peter Michael Scholz einen Goggolori geschmiedet hat.

31 www.galeriegoggolori.de.

Seltsamerweise gingen beim Dreh auffallend viele Lampen kaputt, wusste BR-Moderator Tobias Ranzinger zu berichten. Also war der Goggolori doch leibhaftig anwesend? Hat ihn das Kamerateam gestört? Wollte er vielleicht nicht, dass der „Mythos Goggolori" eingefangen wird? Schon gar nicht von einem Filmteam? Oder wollte er einfach nur zeigen, dass er noch da ist? Jedenfalls glaubt das Team des Bayerischen Fernsehens nach diesen Erfahrungen jetzt auch, dass es den Goggolori gibt ...[32]

Silberner Goggolori des Goldschmieds Peter Michael Scholz, Finning

In Finning existiert neben der Galerie Goggolori auch der Verein „Goggoloris Finning", eine Gruppe von Männern, die „das sittliche Verhalten und den Gemeinsinn fördern" und allgemeine Bräuche wiederbeleben wollen, wie es in den Vereinsstatuten heißt. Im Heimatdorf des Waldschrats gibt es auch eine Ferienwohnung „Goggolori" in der Nähe der Willibaldskapelle. In Greifenberg steht noch das Haus, in dem einst die Schwestern von Otto Reuther lebten. Heute wohnt darin die Familie Madelung/Balk. Am Haus hing jahrelang ein Stück Holz mit Rinde, die eine Höhle beherbergte; darin soll sich der Goggolori auch einmal aufgehalten haben. Leider ist es bei Bauarbeiten plötzlich verschwunden ... vielleicht fühlte sich der Goggolori durch den Baulärm gestört?

In Schondorf gibt es ein Fotostudio namens „Goggolori" und in Weilheim den Boule-Verein Goggolori. In Schöffelding ist der Goggolori sogar auf den Hund gekommen, dort züchtet eine Familie „Goggolori

32 Vangierdegom 2011.

Norfolk Terrier". In Weilheim trinkt man gern den „Weilheimer Goggolori", einen Williams-Christ-Birnenbrand, in Kötzting speist man im Restaurant „Goggolori" ... Und beim Perchtenlauf in einer Raunacht in Forst Kasten ist der Goggolori auch dabei.[33] Nicht zu vergessen die Zeitschrift „Goggolori", herausgegeben von der Kommission für Mundartforschung bei der Bayerischen Akademie der Wissenschaften in München. Vielleicht wollen die, die dem Goggolori die Ehre geben und seinen Namen als Vereins- oder Geschäftsnamen führen, sich gut mit dem Waldschrat stellen oder einfach nur an ihn erinnern, damit er nicht in Vergessenheit gerät.

Als allerdings in Finning dem Goggolori eine Straße gewidmet werden sollte - der Goggolori-Weg sollte beim Schönberg sein, also genau dort, wo der Goggolori einst seine Kreise zog, protestierten die Anwohner dagegen und so ließ die Gemeinde davon ab. Vielleicht befürchteten die Anwohner, dass der Waldschrat ihnen doch den einen oder anderen Streich spielen könnte? Die Gründe seien dahingestellt. Dem Goggolori hätte es aber bestimmt gefallen, zu dieser Ehre zu kommen. Schade, dass daraus nichts geworden ist.

Michael Ende war übrigens der Meinung, der Goggolori dürfe nie in Schriftdeutsch gespielt werden, die ganze Deftigkeit wäre sonst dahin. Er schrieb den Text im oberbayerischen Dialekt, damit er ein breiteres Verständnis finden sollte als der Lechrain-Dialekt der Goggolori-Heimat Finning. Nichtsdestotrotz wurde Endes Werk schon kurz nach seinem Erscheinen in einen schwedischen Gebirgsdialekt und ins Japanische[34] übertragen. Auch auf Spanisch ist „El Goggolori" erschienen.

---

33 Der Goggolori, eine der berühmtesten Sagengestalten Bayerns, wirft einen Blick auf die Geschichte aus den vielen Gemeinden des Würmtals. Der berühmte Kobold erklärt den großen und kleinen Besuchern, was es mit den überlieferten Geschehnissen aus dem Tal vor den Toren Münchens auf sich hat. www.wochenanzeiger-muenchen.de, www.forst-kasten-pass.de.

34 Michael Ende wird in Japan fast wie ein Heiliger verehrt, weiß Wilfried Hiller zu berichten. Ende hatte 1989 die Japanerin Mariko Sato geheiratet, die sein Buch „Die unendliche Geschichte" ins Japanische übersetzt hatte.

Der Goggolori hat viele Gesichter

Der Goggolori polarisiert. Es gibt von Finning bis Japan die unterschiedlichsten Vorstellungen von ihm. Aber immer ist er ein Männlein, ein Erdgeist, ein Hutzelmännchen mit Kapuze, das nichts Negatives im Sinn hat. So kochte er einem Bauern die Nudeln, weil sein Weib im Bett lag, oder half beim Flachsspinnen. Wenn „ihm ein Mädchen hold war, konnte er hexen, daß sie an einem Tag das Fünffache zuwegbrachte."[35] Streiche spielte er auch gern, so ärgerte er die Bäuerin, wenn sie beim Teigmachen wegschaute, und hüpfte ihr mitten in die Teigschüssel.[36] Aber manchem zeigte der Goggolori auch, wo „der Barthel den Most holt". So konnte er es gar nicht leiden, wenn unter der Bank Unordnung herrschte. „Fand er solche, holte er einen Kuhfladen aus dem Stall und warf ihn in eine Ecke. Das stank dann so scheußlich, daß notgedrungen alles saubergemacht werden mußte."[37] Zusammengefasst kann man sagen, „daß er mithalf, Unrecht zu beseitigen, Unmoral aufzudecken, Geiz bloßzustellen und unreelle Händler zu entlarven".[38]

35 Riedl: 297 f.
36 Ebd.
37 Ebd.
38 Ebd.

Den Goggolori wird es immer geben. Denn die Geschichten um den liebenswerten Waldschrat faszinieren die Menschen zu jeder Zeit. Sie werden, wie auch das Buch von Sabine Maria Leitner aus dem Jahr 2013 zeigt, immer weitererzählt und neu aufgeschrieben. Sieben Jahrzehnte nach Otto Reuthers Aufzeichnungen und dreißig Jahre nach Michael Endes Libretto macht es die Geschichte um den Goggolori neu und weiter erlebbar.

Der Goggolori wird nie in Vergessenheit geraten! Man wird auch in Zukunft über den „Schiss im Butterfass" oder das „Seichen in die Stiefel des Hochzeiters" schmunzeln.

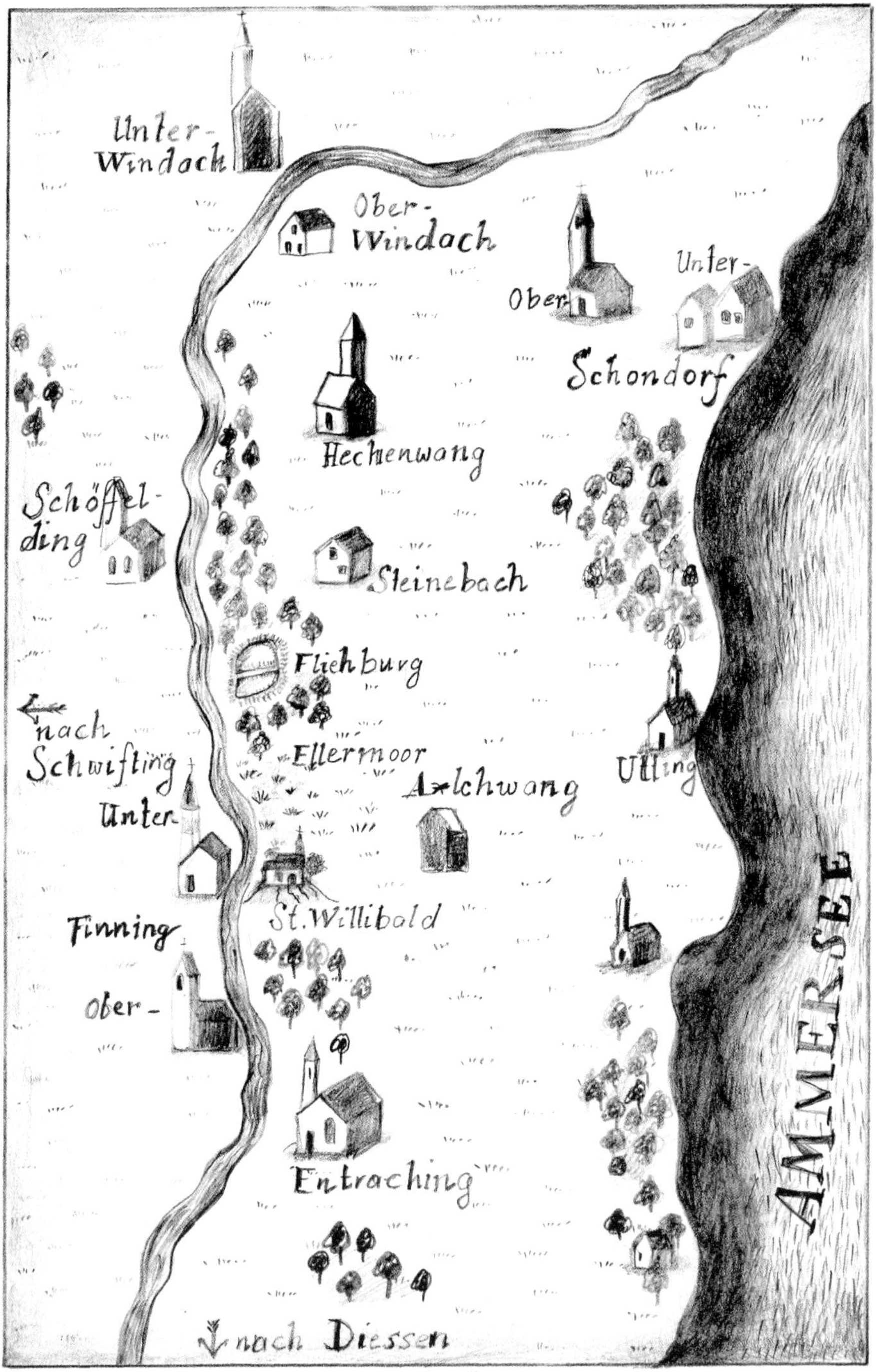
Unter-
Windach
Ober-
Windach
Ober
Unter-
Schondorf
Hechenwang
Schöffel-
ding
Steinebach
Fliehburg
nach
Schwifting
Ellermoor
Achwang
Utting
Unter-
St. Willibald
Finning
Ober-
Entraching
AMMERSEE
nach Diessen

Quellen

Astutuli. Inhaltsangabe (anonym) in: Programmheft zur Uraufführung, Münchner Kammerspiele, Spielzeit 1953/54 (43. Spielzeit), Heft 1, München 1953.

Bayerisches Fernsehen: Samstagsclub zum Thema „Goggolori“ mit den Gästen Michael Ende, Franz Halser, Wilfried Hiller und Friedrich Meyer-Oertel. Sendung vom 16. Februar 1985.

Ende, Michael: Der Goggolori. Eine bairische Mär. Stuttgart 1984.

Goggolori. Aus der Werkstatt des Bayerischen Wörterbuchs. Beilage zum Bayerischen Wörterbuch. Kommission für Mundartforschung, Redaktion Dr. Anthony Rowley. Ausgabe 1, München 1997/98.

Grandjean-Gremminger, Andrea. Oper für Kinder. Zur Gattung und ihrer Geschichte. Mit einer Fallstudie von Wilfried Hiller. Kinder- und Jugendkultur, -literatur und -medien. Band 56. Peter Lang Internationaler Verlag der Wissenschaften, Frankfurt 2008.

Hofmann, Margareta. Der Goggolori - ein bairische Mär. Hausarbeit zur ersten Staatsprüfung für das Lehramt an Gymnasien, Hochschule für Musik, München 1989.

Reuther, Otto. Der Goggolore. Eine altbairische Volkssage, Verlag Passavia Passau, 1985.

Riedl, Christian. Heimatbuch der Gemeinde Finning. Unsere Heimat zwischen Ammersee und Lech, 1. Auflage 1979.

Steyer, Marie. Der Goggolori kehrt nach Finning zurück, Landsberger Tagblatt, Ausgabe 1./2. April 1995.

Vangierdegom, Frauke. BR-Filmteam sucht den Goggolori, Ammerseekurier, Ausgabe 28. Januar 2011

Wede, Magdalena. Der Goggolori. Zur Stoff-, Werk- und Wirkungsgeschichte, München 1987.

Staatstheater am Gärtnerplatz, München: Hiller/Ende, Der Goggolori. Programmheft 2, Spielzeit 1984/85

Webseiten:
www.michaelende.de
www.muema-theater.de
www.phantastische-gesellschaft.de/biographie.php
www.reinhard-michl.de
www.wilfried-hiller.de

Film/DVD:
Wiendl, Klaus. Der Goggolori. Eine Oper entsteht. Bayerisches Fernsehen 1985, gesendet am Tag vor der Uraufführung im Staatstheater am Gärtnerplatz.

Görlach, Helmut. Der Goggolori zu Besuch „daheim". Beitrag zur Sendung „Zwischen Spessart und Karwendel" im Bayerischen Fernsehen, April 1995

Auch in den Schulen ist der Goggolori präsent: Seit 2007 gehört er zum Unterrichtsstoff in Deutsch und Geschichte an den bayerischen Schulen. Hierfür wurde die Andechser Aufführung von Hellmuth Matiasek als DVD produziert.
Hellmuth Matiasek: Der Goggolori. DVD. Schott Musikverlag 2007.

Dank

Ein herzliches DANKESCHÖN an Josef Degle, Helmut Görlach, Wilfried Hiller, Annemarie und Adi Imhof, Irene Kilian, Reinhard Michl, Peter Michael Scholz, Gabriele Sedlmayr-Imhof und Richard Sedelmayer für informative Gespräche, Unterlagen und Hilfe.

Auszug aus dem Verlagsprogramm

www.verlag-bauer.de

Naturgeschichte Allgäu

Geologie - Biogeografie - Flora - Fauna - Naturschutz

Die Natur steckt voller Geheimnisse - es gibt viel zu entdecken! Das Buch „Naturgeschichte Allgäu" soll einerseits das Interesse des Lesers für die Natur wecken, andererseits für die zunehmende Bedrohung von Tier- und Pflanzenarten sowie deren Lebensraum sensibilisieren.

Denn nur das, was man kennt, das schützt man.

ISBN 978-3-941013-80-3, 608 S., **26,00 €**

Pankraz Fried: Der Lechrain

Eine historische Heimatkunde

„Zwischen Ammersee und Lech liegt ein merkwürdiges Stück Land, herb und lieblich, verträumt, traurig und wieder frohgemut und unbändig wie der wilde Wind, der über seine Hochmoore wegtanzt, in die himmelblauen Bergriesen, die mit ihren schneeweißen Häuptern wachsam darüber wegsehen...".

ISBN 978-3-941013-99-5, **20,00 €**

Lechliebe - Liebeserklärung an einen Fluss in Wort und Bild

Ausdrucksstarke Naturaufnahmen von Dr. Eberhard Pfeuffer wechseln sich auf 144 Seiten im Format 21 x 21 cm mit Texten von Hans Schütz ab. Freuen Sie sich auf zehn Beiträge Lechprosa und zahlreiche Gedichte - zum Teil in Mundart.

ISBN 978-3-941013-98-8, **18,00 €**

Flößermuseum Lechbruck

Bilder, Zahlenmaterial und viele Zitate von Zeitzeugen ermöglichen ein Eintauchen in die harte, von Armut geprägte Vergangenheit des Flößerdorfes Lechbruck.

ISBN 978-3-941013-77-3, **8,50 €**

Wanderparadies Ammersee-Lechrain

„Der Wanderführer ist ein Glücksfall für jeden Natur- und Kulturfreund, der diese Region entdecken will." (Tourismusverband)
Geschichte · Kultur · Natur | Wandern, Entdecken und Erleben
19 Tourenvorschläge

ISBN 978-3-941013-86-5, **11,95 €**

Gold für den Märchenkönig

Franz-Josef Körner verbindet eine fiktive Geschichte mit dem Schicksal des Märchenkönigs. Die Handlung spielt 1886. Max und Johanna geraten in einen gefährlichen Sog aus Intrigen, Lügen und Mord, der ihre Liebe zu zerstören droht.

ISBN 978-3-941013-03-2, **5,00 €**